# PARENTS *parfaits*

## UN MYTHE TOXIQUE

*À mes parents.*

© Hatier – 8, rue d'Assas, 75006 Paris
Direction : Rachel Duc
Responsable éditoriale : Caroline Terral
Relecture : Odile Raoul

Illustrations : Céline Bailleux

Directeur artistique : Nicolas Vallet
Couverture et mise en page : SKGD-Création
Fabrication : Cécile Labarthe

# PARENTS *parfaits*

# UN MYTHE TOXIQUE

## ENQUÊTE SUR DES INJONCTIONS CONTRADICTOIRES ET LE VÉCU DES PARENTS

Hatier
*parents*

# Sommaire

## PARTIE 3 : MES PARENTS VONT CRAQUER...



## PARTIE 4 : À LA RECHERCHE DU LIEN PERDU

# Préface

## PARENTS PARFAITS, UN MYTHE TOXIQUE

### Enquête sur des injonctions contradictoires et le vécu des parents

La parentalité, néologisme apparu vers la fin du XXe siècle, a trouvé toute sa place dans notre société, comme s'il était besoin d'une actualisation pour quelque chose qui pourrait être on ne peut plus naturel : être parent. Mais dans notre monde en quête de faire toujours mieux, pour le bien de l'enfant, mais aussi des parents, il est légitime de préciser de quoi on parle. Tenir compte des évolutions sociétales impose de distinguer les dimensions biologiques, juridiques, génétiques, généalogiques, mais aussi politiques, psychosociales, socio-économiques et institutionnelles.

À cela s'ajoute l'évolution de la famille traditionnelle, l'apparition de familles recomposées, pluri-parentales, des foyers monoparentaux. On y voit s'inviter aussi la beau-parentalité, la parentalité adoptive, l'homoparentalité, sans oublier la Procréation Médicalement Assistée (PMA), qui permet de distinguer le parent biologique du parent social. La Gestation pour autrui (GPA) appartient aussi à cette parentalité moderne où seul compte le bien-être de l'enfant. Qui va aussi de pair avec l'accompagnement des parents dans leurs rôles, qui ne se réduisent plus uniquement à « faire » un enfant et à « l'élever ». Mais aussi à lui donner toutes ses chances pour qu'il devienne un adulte qui aura une bonne estime de lui, stable sur le plan affectif et professionnel.

L'enfant est d'abord nouveau-né avec une dépendance totale de ses parents pour pouvoir se nourrir, croître, se développer. Et le parent dans tout ça ? Devient-on parent dès l'instant où l'enfant naît ? Ou le devient-on au fil de la vie ? Cette naissance donne un statut, mais devenir parent nécessite en effet du temps, de la patience, de l'écoute, de l'aide souvent.

Dans ma pratique de pédiatre, j'ai appris à décrypter au fil des décennies cette savante communication qui s'opère entre l'enfant et son parent : chacun grandit grâce à l'autre. En tant qu'hospitalo-libéral, mon exercice a dû obligatoirement s'adapter sous peine de ne plus avoir la bonne approche diagnostique auprès des enfants que les parents me confient, ou la bonne approche thérapeutique. Sans compter la dimension psychologique, car l'enfant est un « tout », sous peine de n'en soigner qu'un petit bout.

Tout ceci nécessite un accompagnement, une écoute de la « cellule familiale », pour comprendre comment il grandit, mais aussi comment son parent, ses parents s'enrichissent de « lui », donc grandissent également.

Mais il n'y a pas de *Parents parfaits* : le titre de cet ouvrage entre en profondeur dans ce « mythe toxique ». Isabelle Tepper partage ici sa riche expérience tout en donnant la parole aux parents au travers de nombreux témoignages, ce qui en fait une mine d'or, tant on y apprend de choses sur l'évolution de cette approche globale, avec cette bienveillance propre à l'autrice, sans faire de concessions. Chaque parent écrit sa propre histoire, ce qui lui permet de s'inventer en tant que parent.

Les sujets qui bousculent le quotidien du parent ne manquent pas : la prise en compte de la douleur chez l'enfant, la meilleure connaissance de la physiologie du sommeil, le respect de ses rythmes d'éveil, le co-dodo, la motricité libre, la réévaluation de la notion d'instinct maternel, la place du père, la place du couple, le rôle des récepteurs neurosensoriels, les 1 000 jours, la place des vaccinations, les nouvelles approches de diversification alimentaire, l'attitude en cas de pandémie, etc.

Être parent, c'est aussi apprendre à son enfant à s'autonomiser, dès le plus jeune âge, en lui faisant confiance pour qu'il prenne confiance. Formulé ainsi, cela semble si simple... C'est pourtant le nœud de cette interaction constamment évolutive. Sans oublier le rôle de la famille qui est omniprésente, s'invite parfois dans le jugement, crée des tensions, génère la peur de ne pas bien faire. La pente glissante de l'injonction peut elle aussi être de la partie. La violence physique ou morale également avec ses non-dits et les dégâts que nous devons anticiper faute de les débusquer à temps.

Ce petit bout a besoin de s'opposer pour grandir et non pas être à la merci de parents qui ne voudraient qu'une chose : qu'à la fin, il obéisse !

Précipitez-vous pour lire ce magnifique ouvrage pour lequel je suis très honoré d'écrire la préface, et à la lecture duquel j'ai moi aussi appris beaucoup de choses. D'utilité publique, il remet bien le-les parent(s) au centre, si tant est qu'on ait pu avoir l'impression qu'ils n'y étaient plus. Eux-mêmes ont le plus souvent la solution en eux, sans avoir besoin de se perdre dans les réseaux sociaux, à la condition de s'écouter, d'entendre leur enfant, de le mettre en confiance, tout en le guidant sans être dans l'injonction dont il faut se libérer.

Ne l'oublions pas : l'enfant est le père ou la mère de l'homme ou de la femme qu'il ou qu'elle sera.

ARNAULT PFERSDORFF

# Introduction

Ne dites pas à mon père que j'enquête sur les bébés, les femmes qui accouchent et les parents qui doutent… Il me croit journaliste multicarte.

« Les couches-culottes, les faire-part de naissance ? De quoi allez-vous parler à la longue ?… » Tous, autour de moi, me renvoyaient ce genre d'*a priori*, quand je commençai à évoquer, il y a bien 30 ans, mon nouveau centre d'intérêt : la « parentalité », ce néologisme qui élargissait soudain le champ de la maternité. Entre nous, je n'étais pas loin de me poser également la question (« de quoi allions-nous parler ? ») quand, alors jeune maman, n'ayant même pas lu un guide de naissance, j'entrai à la rédaction du magazine *famili*, dernier-né du groupe Marie-Claire. En bonne pigiste, j'avais fait mes classes dans le fait divers, la success-story – dont la presse économique était friande à l'époque – ou l'article de vulgarisation scientifique. J'écrivais sur commande, courant le cachet d'une rédaction à l'autre – parvenant parfois, tout de même, heureusement, à placer une proposition plus personnelle, plus idéaliste. Au final, ma curiosité finissait toujours par s'éveiller, même sur les thèmes les plus rébarbatifs, dès que je commençais à me pencher sur la question. (Somme toute, c'est le propre de notre métier.) Alors, pourquoi ne pas participer à la création d'un nouveau mensuel pour parents modernes ? Ça se tente !

Les premiers sujets qui me furent attribués me mirent immédiatement dans le bain : la mort subite du nourrisson, la douleur de l'enfant (loin encore d'être soulagée et reconnue), l'accouchement sous « X », le tabou du baby blues, les premiers liens… La claque ! Émotionnelle et professionnelle. J'ai compris que j'avais affaire à une matière riche, à la fois intemporelle et mouvante, et aussi extrêmement « concernante » – un vrai mantra dans la presse, savez-vous ? J'avais moi-même trouvé bien plus difficile que prévu de devenir mère, même si je l'avais souhaité ardemment, que j'avais le bébé le plus craquant du monde et que j'étais entourée. Tout ceci était resté secret, inavouable. Au début des années 1990, la parole ne s'était pas encore libérée sur les difficultés maternelles et les affres possibles du post-partum dont il est beaucoup question aujourd'hui.

Bref, je trouvai mon compte dans cet univers – aux tonalités plus contrastées que pastel – et restai plusieurs années au sein de la rédaction de *famili*. Avant d'avoir la chance d'intégrer, en 2001, celle des *Maternelles*, émission OVNI lancée sur La Cinquième.

La quotidienne, aujourd'hui diffusée sur France 2, s'est très vite imposée auprès d'un très large public, dépassant celui des jeunes mamans, en racontant le monde par le prisme de l'enfance et de la parentalité. Une émission d'utilité publique, répètent souvent les parents et les nombreux spécialistes qui y interviennent : pédiatres, gynécologues, psychologues, pédopsychiatres, puéricultrices, éducateurs, neurobiologistes, etc. On y propose bien sûr des basiques très attendus : suivi de grossesse, accouchement médicalisé ou « physio », sommeil bizarre des nourrissons, allaitement au sein ou au biberon, développement de l'enfant – ou encore, pourquoi pas ?, couches-culottes, à condition qu'elles soient lavables ou garanties sans perturbateurs endocriniens. De grands thèmes de société figurent aussi au cœur des échanges : féminisme, bioéthique, homoparentalité, lutte contre les violences faites aux femmes, congé de paternité, traitement de l'infertilité, handicap, droits de l'enfant et de l'adolescent, etc. Au fil de l'actualité, il s'agit également de répondre à des questions comme « comment parler des attentats à mon enfant ? du Covid ? de la guerre en Syrie ou en Ukraine ? »...

Le temps a passé et plus personne ne viendrait mettre en doute l'intérêt de sujets ayant trait à la famille et à la parentalité, à présent plus largement traités par des médias généralistes. *La Maison des Maternelles*, qui a fêté ses 20 ans, est restée fidèle à son ADN. Informer, rassurer et déculpabiliser les familles, dans leur diversité. Donner la parole aux experts et favoriser le partage d'expérience entre parents, boosté depuis quelques années par le direct, à l'antenne, et le bouillonnement des réseaux sociaux. La parole y est libre et décomplexée, souvent drôle, et on y appelle un chat un chat. On peut y parler de tout à condition que le propos ne soit pas – et c'est bien là du travail de réglage minutieux – « anxiogène » (autre mot-clé à la télé). Car paradoxalement, les jeunes parents, que l'on dit surinformés, se montrent de plus en plus souvent particulièrement inquiets.

Depuis 20 ans, 30 ans, les parents ont-ils changé ? Pourquoi doutent-ils autant de leurs capacités à élever leur enfant ? Pourquoi se mettent-ils autant la pression, parfois dès la grossesse ? Comment les accompagner, quand ils en ont besoin, tout en restaurant leur confiance en eux ? C'est ce que nous allons essayer de comprendre tout au long de ce livre largement inspiré et illustré de propos tenus à l'antenne dans *La Maison des Maternelles*.

D'abord en montrant que, soumis à un trop-plein d'injonctions, et non pas d'informations, émanant d'une multitude de sources, nombre d'entre eux se sont mis à courir après un idéal aussi tenace qu'inaccessible : celui d'être une mère parfaite, et de plus en plus souvent, parité oblige, un père parfait. Cette quête ne date pas d'hier. Il a 150 ans déjà, une nouvelle discipline, la puériculture, s'était fixé pour objectif de leur dire que faire ou ne pas faire avec leurs enfants, au nom de la santé et de l'hygiène. Ses préceptes, souvent contradictoires, sont entrés en porte-à-faux avec des croyances personnelles et familiales. Hommes d'État et de guerre, hommes d'Église, scientifiques, psychologues et psychanalystes, tout le monde en a peu à peu ajouté une couche. Jusqu'à nos jours, où le retour au « naturel » et les découvertes en neurosciences dictent de nouvelles conduites. Les parents d'aujourd'hui, qui voudraient faire au mieux, ne savent plus où donner de la tête. Plus que jamais, via les réseaux sociaux – outil à double tranchant –, ils se comparent, et parfois se jugent ou se critiquent entre eux.

Nous verrons à quel point le mode de vie des parents est aujourd'hui incompatible avec leurs aspirations. D'autant que les modèles actuels, comme ceux qui sont issus de la tendance au « maternage proximal », se montrent difficilement conciliables avec une vie professionnelle lambda. Qu'elle soit citadine ou rurale. Allaitement à la demande et prolongé, portage en écharpe, motricité libre à la maison, hygiène naturelle infantile, diversification (alimentaire) menée par l'enfant (DME) : si toutes ces pratiques présentent souvent des justifications et des atouts pour le développement des bébés, elles demandent du temps et une disponibilité à toute épreuve.

Dans le texte qui suit, il sera question de la trop grande solitude des femmes au cours de la période charnière du retour de la maternité. De congés de naissance et de congés parentaux trop courts et peu valorisés. D'une impossible conciliation entre vie professionnelle et vie familiale. De charge mentale. Et de parents qui craquent. Le taux de dépression du post-partum est évalué à entre 15 et 30 %, tandis que le terme de « burn-out parental » est entré récemment dans le langage courant. De plus en plus de jeunes couples se séparent dans l'année suivant la naissance de leur bébé.

Le malaise dans la parentalité est reconnu par les professionnels de l'enfance. Et le soutien aux familles est devenu une priorité de santé publique suite à la remise au gouvernement du rapport des « 1 000 premiers jours », coordonné par le neuropsychiatre Boris Cyrulnik. Le bien-être des parents est indissociable de celui de leurs enfants. Et vice-versa.

La situation est grave mais pas désespérée, loin de là. Si l'on en croit les messages d'espoir et les propositions des acteurs de la santé et de la petite enfance que je remercie d'intervenir dans cet ouvrage. Rompre l'isolement, recréer le lien perdu, ne jamais oublier de rassurer, de déculpabiliser... Accompagner plutôt que contraindre. Il est possible de réaligner les planètes dans cet univers où les heureux événements ne se produisent en moyenne que 2 ou 3 fois au cours d'une vie. Cela ne vaut-il pas le coup d'unir nos forces pour que nos petits viennent au monde dans une bulle affective, dans laquelle chacun de nous se sentirait si bien ?

PARTIE 1

# 150 ANS
# d'injonctions contradictoires

Élever un enfant : avant la seconde partie du XIXe siècle, la tâche relevait strictement du domaine privé et il ne serait venu à personne l'idée de fournir aux parents un mode d'emploi pour s'en acquitter. Pas même à Jean-Jacques Rousseau qui avait destiné son traité d'éducation, *Émile ou De l'éducation*, à l'intelligentsia du siècle des Lumières plutôt qu'au commun des mortels (voir encadré p. 19). Puisqu'il faut un début à tout, arrêtons-nous en 1865, date de la publication d'un manifeste : *La puériculture, ou la science d'élever hygiéniquement et physiologiquement les enfants*. Son auteur, le Dr Alfred Caron, lance alors un néologisme : à partir de la racine latine *puer* (enfant), il invente le mot « puériculture », sur le modèle de celui d'agriculture… Après tout, il s'agit bien de les faire pousser, ces petits d'hommes, comme le bon blé, et de les amener à maturité ! Le terme est assez vite adopté.

# AU XIX^E^ SIÈCLE : *l'invention de la puériculture*

À l'époque, l'urgence est de lutter contre la mortalité infantile, qui décime jusqu'à 1 enfant sur 10 avant l'âge de 1 mois et 1 sur 4 avant 1 an. Pour cela, il faudrait pouvoir s'adresser directement aux mères et – pourquoi pas ? – faire leur éducation. Ainsi, pour le Dr Caron comme pour ses pairs, on peut aussi bien apprendre à s'occuper des jeunes enfants que l'on apprend à lire ou à compter.

Reste un écueil à surmonter et non des moindres : comment prêcher la bonne parole dans les foyers ? Les médecins n'y ont traditionnellement pas droit de cité, à plus forte raison quand il s'agit de soigner les petits. Leur influence est encore supplantée par celle des matrones accoucheuses, des guérisseuses, des grands-mères et des voisines – sans compter le poids des traditions religieuses ou populaires qui rythment la vie rurale. Un vrai défi à relever pour le corps médical, qui, au XIX^e^ siècle, commence à s'intéresser de très près à un nouveau patient, l'enfant – jusqu'ici considéré comme un adulte miniature ne nécessitant ni soins ni attentions spécifiques. Cette spécialité en devenir est appelée « pédiatrie ». Les premiers médecins qui vont s'y consacrés sont, à l'origine, presque toujours, des obstétriciens. Ils vont déclarer la guerre aux nombreuses maladies infantiles qui fauchent les plus jeunes (entérite, diarrhée, diphtérie, bronchite, coqueluche, rougeole, scarlatine, etc.). Pas encore armés de vaccins – sauf contre la variole – ni d'antibiotiques, ils vont commencer par promouvoir activement l'allaitement maternel, considéré comme le meilleur moyen d'éviter à l'enfant de passer directement « du berceau au tombeau ».

## ROUSSEAU AU SECOURS DES BÉBÉS (DES AUTRES) !

« Leur premier sentiment est un sentiment de douleur et de peine : ils ne trouvent qu'obstacle à tous les mouvements dont ils ont besoin : plus malheureux qu'un criminel aux fers, ils font de vains efforts, ils s'irritent, ils crient. » Ainsi Jean-Jacques Rousseau décrit-il les tourments du nourrisson emmailloté dans son célèbre traité d'éducation, *Émile*, paru en 1762. Le philosophe dénonce avec fougue cette pratique fort répandue dans les campagnes qui visait à maintenir l'enfant dans un carcan rigide pour le garder au chaud, le « façonner » mais aussi pour le transporter plus aisément et même, si besoin, le suspendre à un clou… Il fait partie des pionniers qui, dès le siècle des Lumières, invitent les femmes à allaiter leur bébé et à s'en occuper elles-mêmes au lieu de faire appel à une nourrice mercenaire, jugée incapable de lui prodiguer les soins et l'attention nécessaires à son développement. Il innove également quand il affirme que le nouveau-né est déjà une vraie personne, dotée d'une bonté naturelle, pas encore corrompue par la société.

Il nous livre, avec force détails les soins et les principes éducatifs mis en œuvre pour élever son personnage fictif, Émile, de la naissance à l'âge adulte. Avec une précision stupéfiante de la part d'un homme de 50 ans qui, de son propre aveu, a lui-même abandonné ses 5 enfants ! Nul ne sait où il est allé chercher tous les conseils relatifs aux soins du 1er âge. Objet de toutes les attentions, encouragé dans sa motricité et sa découverte du langage, le petit Émile n'en est pas moins élevé à la dure. Lavé à l'eau froide en toute saison, jamais bercé, privé de jouets superflus, couché la nuit dans l'obscurité… Il est aussi soumis très tôt à la vision d'un tas de bestioles (crapauds, araignées, écrevisses) pour qu'il n'en ait pas peur plus tard. L'enfant ne verra jamais de médecin. Surtout pas ! « La médecine est à la mode parmi nous ; elle doit l'être. C'est l'amusement des gens oisifs et désœuvrés, qui, ne sachant que faire de leur temps, le passent à le conserver », estime Jean-Jacques Rousseau.

Dans un premier temps, *Émile* trouve surtout écho auprès de femmes instruites qui, effectivement, recommencent à nourrir leur bébé et prennent plaisir à s'occuper de lui. Puis – pourquoi pas ? – à l'aimer !

Ces praticiens reçoivent l'appui des moralistes et des politiques, tous préoccupés par la chute continue de la natalité, observée en France depuis la fin de l'Ancien Régime. D'autant plus que cette tendance ne concerne pas les pays voisins en Europe – à titre indicatif, entre 1851 et 1911, la population allemande s'accroît de 57,8 %, celle de Grande-Bretagne de 42,8 % et seulement de 9 % dans l'Hexagone. Plus assez de bras, plus assez de soldats ! Après la défaite de 1870 contre la Prusse, la promotion de la natalité – tout comme la lutte contre la mortalité infantile – devient un enjeu politique de premier plan.

## LA JEUNE MÈRE ET SES « PRÉJUGÉS »

En plus des enfants malades, les médecins comptent désormais garder aussi un œil sur les nourrissons bien portants et expliquer à leur mère comment les nourrir et s'occuper d'eux. Désignées comme directement responsables de la survie de l'enfant, les femmes gagnent ainsi un nouveau statut, bien à elles, aux côtés du tout-puissant *pater familias*. Elles n'en sont pas moins traitées avec beaucoup de méfiance et de mépris par les médecins et leur univers exclusivement masculin.

« La plupart des mères de famille ne donnent à leurs enfants que des soins routiniers basés le plus souvent sur de tristes préjugés. Telle est la principale cause de la mortalité des nouveau-nés », peut-on lire en 1873 dans *La jeune mère et l'éducation du premier âge*, l'une des premières revues publiées par des médecins et destinée à conseiller les jeunes femmes sur l'alimentation, le sommeil et tous les soins à apporter aux bébés[1]. « Habituées dès l'enfance aux lectures vaines et futiles, les jeunes filles demeurent trop étrangères aux occupations de la femme, aux devoirs qu'elles auront à remplir lorsqu'elles deviendront mères.

1 *La jeune mère et l'éducation du premier âge*, revue mensuelle du Dr Brochard.

[...] L'éducation de la femme est toute à refaire à cet égard », explique, sans ménagement, la même publication à ses lectrices.

À quel âge et comment diversifier la nourriture d'un tout-petit ? Que faire pour soulager ses poussées dentaires ? Sur quoi le faire dormir ? Faut-il continuer à l'emmailloter serré pour modeler sa silhouette ?.... Pour ce qui est de l'art d'élever des bébés en bonne santé, de nombreuses disparités subsistent d'un milieu social à un autre et, surtout, d'une région à une autre. Les médecins des villes n'aiment pas beaucoup cela et voudraient codifier les gestes du quotidien qui, jusqu'ici, se transmettaient de mère en fille. Plus ils parviennent à infiltrer le milieu familial, plus le carcan imposé par les puériculteurs devient rigide. « Au nom du salut des enfants, la puériculture, qui se veut une science, traite les femmes en coupables, en mineures à éduquer. Ses ennemis déclarés sont l'"ignorance", les "préjugés" et l'"impulsivité". Les mères ne savent pas ou leur savoir est entaché d'idées préconçues ou véhiculées par la famille, les voisines », décrit l'historienne Françoise Thébaud[2]. Ce courant autoritaire, et infantilisant pour les mères, qui apparaît vers 1870, va s'imposer durablement, jusqu'au lendemain de la Seconde Guerre mondiale, et parfois bien plus longtemps encore.

## APPELEZ-MOI BÉBÉ !

Apparu vers 1755 et popularisé dans la 2^nde moitié du XIX^e siècle, le terme de « bébé » présente une double origine. Il renvoie à des expressions populaires et à des dialectes régionaux comme « babi » (Bas-Maine), « bibi » (Picardie) ou « bobée » (Reims). Il correspond aussi à la francisation du mot anglais ***baby***, à la mode dans les milieux aisés qui commencent à faire appel à des nurses venues d'outre-Manche.

2 *Quand nos grands-mères donnaient la vie*, Presses universitaires de Lyon, 1986.

## HARO SUR LES NOURRICES MERCENAIRES !

Il va falloir, en priorité, convaincre les femmes de nourrir elles-mêmes leur enfant et de renoncer à le confier à une nourrice, dite « mercenaire ». Une pratique au départ réservée à la noblesse, puis également à la bourgeoisie, mais qui, dès le XVIII$^{e}$ siècle, tend à s'étendre à toutes les couches de la population. Les familles les plus aisées peuvent s'offrir la présence d'une nourrice à domicile : une jeune accouchée qui va, de son côté, renoncer à allaiter son propre enfant... La plupart des autres parents citadins, même quand ils disposent de revenus modestes, préfèrent placer leur bébé à la campagne. Recevant une somme modique et elle-même en charge de nombreux enfants, la nourrice rurale avait la réputation d'apporter des soins qui laissaient à désirer à son petit pensionnaire, qui souvent mourrait en bas âge. D'autant qu'il risquait fort d'être nourri, non pas systématiquement au sein, mais à l'aide de bouillie indigeste. Ou encore de lait de vache, de chèvre ou de jument donné à même le pis ou dans un biberon de fortune, véritable nid à microbes...

Difficile d'expliquer pourquoi le placement en nourrice persistait malgré cette hécatombe connue du grand public. Pour éviter aux nourrissons les miasmes de la ville en l'envoyant au grand air ? Pour permettre à leur mère ouvrière, commerçante ou domestique de travailler dans la journée ?... De son côté, Élisabeth Badinter, dans son ouvrage qui fit grand bruit, ***L'amour en plus***[3], n'hésite pas à évoquer l'indifférence maternelle, voire le rejet vis-à-vis d'une progéniture aussi nombreuse qu'éphémère : « Ce n'est pas parce que les enfants mourraient comme des mouches que les mères s'intéressaient peu à eux. Mais c'est en grande partie parce qu'elles s'intéressaient peu à eux qu'ils mouraient en si grand nombre », estime la philosophe. « Méfions-nous de ce qui nous

3 Éditions Le Livre de Poche, 2001.

paraît aujourd'hui ressortir clairement des mauvais traitements ou de l'indifférence, nuance l'historienne Marie-France Morel[4]. Chaque attitude, chaque conduite des parents d'autrefois doit être rapportée aux normes, aux modèles, aux conditions économiques de la société dans laquelle ils vivaient. »

À la fin du XIXe siècle, bon nombre d'éminents médecins de la Faculté partent en croisade pour ramener les femmes à la raison et les convaincre d'allaiter. « Le lait de la mère appartient à l'enfant », scande le plus connu d'entre eux, le Pr Adolphe Pinard (1844-1934). Obstétricien de renom, considéré comme le véritable père de la puériculture, il n'y va pas de main morte pour condamner celles qui confient leur bébé à une nourrice : « Sans aucun scrupule, j'accuse les mères qui, pouvant allaiter, n'allaitent pas. [...] Avec conviction, je les déclare coupables quand, à l'aide de leur argent, elles dépouillent un pauvre petit être du seul trésor que souvent il possède[5]. » Accordant quelques circonstances atténuantes aux mères qui sont contraintes d'aller travailler, il suggère, visionnaire, la mise en place de crèches d'entreprises où celles-ci pourraient venir donner le sein à leur enfant dans la journée...

## ALLAITER : LE DEVOIR ET LA GLOIRE

D'autres tribuns, comme le Dr Brochard, jouent sur la fibre moraliste. Allaiter n'est plus seulement une garantie de bonne santé pour le petit, mais c'est aussi un devoir : « Le nouveau-né sur le sein maternel est la gloire de sa mère, qu'il suce avec son lait le principe même des vertus et des qualités qu'elle cherchera plus tard à faire pénétrer dans son cœur. »

---

4 *L'amour maternel : aspects historiques*, Spirale/Erès, 2001.
5 Discours à Lyon en 1908.

## ALLONS Z'ENFANTS !

« Il est très rare d'entendre crier un enfant pendant qu'il écoute de la musique militaire », peut-on lire, en 1874, dans une revue destinée aux jeunes mamans. Ces effusions martiales, fréquentes sur la voie publique au lendemain de la défaite de Sedan, permettraient aussi d'« apprendre aux enfants à mettre dans leurs mouvements du rythme et de la mesure[6] ». Et Ri et Ran, Ranpataplan ! Puis, note encore le coach parental de l'époque, mieux vaut les inciter « de bonne heure à aimer la musique militaire aux sons de laquelle ils doivent tous marcher un jour ».

Ce sont finalement les travaux de Louis Pasteur sur l'asepsie qui entraîneront la fermeture des bureaux de placements de nourrices en ville, à l'aube du nouveau siècle. La stérilisation et la pasteurisation du lait de vache permettent d'en éliminer les germes et ouvrent la voie à un allaitement artificiel plus sûr. À la même époque, les fabricants mettent au point des biberons entièrement démontables, nettoyables et faciles à stériliser dans l'eau bouillante. Ils vont remplacer peu à peu les biberons « tueurs » qui font alors des ravages : munis d'un long tuyau, ils permettent à l'enfant de s'alimenter tout seul, à volonté, dans son berceau, d'où un risque évident d'étouffement... Les nouveaux biberons sont aussi dotés de tétines de caoutchouc, plus hygiéniques que les traditionnels embouts en bois, en liège ou en chiffon.

Cet engouement pour l'allaitement artificiel, jugé plus pratique et plus sûr, accentue encore le déclin de l'allaitement maternel, au grand dam des puériculteurs. Cette pratique, pourtant continuellement encouragée par les autorités sanitaires, ne connaîtra pas de réel renouveau avant les années 1970.

6 *La jeune mère et l'éducation du 1er âge*, revue éditée à Lyon par le Dr Brochard.

Les mères se montrent toutefois réceptives aux conseils de prévention et d'hygiène que commencent à leur proposer hôpitaux et dispensaires. En 1892, le médecin Pierre Budin (1846-1907), autre figure tutélaire de la puériculture, ouvre la première consultation pour nourrissons à l'hôpital de la Charité à Paris. Dans la foulée, le Dr Léon Dufour, à Fécamp, puis le Dr Gaston Variot, à Belleville, créent les fameux centres Goutte de Lait. Ces consultations gratuites permettent aux mères de venir, régulièrement, faire examiner et peser leur bébé. Et de recevoir, pour celles qui n'allaitent pas, des biberons de lait stérilisé de qualité (le lait de vache vendu dans le commerce est souvent coupé d'eau ou de bicarbonate pour le faire paraître plus frais). Les Gouttes de Lait, qui misent sur une médecine sociale et de proximité – comme le fera plus tard la PMI (Protection maternelle et infantile) – rencontrent un grand succès. En 1905, on en compte déjà une centaine en France et une cinquantaine en Europe. En parallèle, les maternités qui, dans les grandes villes, se modernisent et se réorganisent, commencent à assurer le suivi des femmes enceintes les plus précaires, car ces dernières sont les seules, à l'époque, qui accouchent à l'hôpital. L'asepsie, et notamment le lavage systématique des mains des soignants, permet également d'y éviter de plus en plus de décès de mères et de nouveau-nés.

Au tournant du xxe siècle, les nouvelles disciplines que sont la pédiatrie et la puériculture, ont permis de faire baisser la mortalité infantile – même s'il faudra attendre quelques années pour que la vaccination n'accélère sensiblement la tendance. De 177 décès pour 1 000, on passe à 126 pour 1 000 en 1913 et à 78 pour 1 000 en 1931. Ces progrès s'accompagnent d'un changement manifeste des mentalités. Désormais, les familles s'autorisent à pleurer la mort d'un jeune enfant et à montrer leur attachement à ceux qui survivent.

D'autre part, le législateur a commencé à s'intéresser au sort des enfants. En 1874, une loi limite et réglemente le travail avant 12 ans et interdit de les embaucher la nuit, le dimanche et les jours fériés. En 1892, la durée maximale du travail des enfants de plus de 13 ans est fixée à 10 heures par jour. En 1882, avec les lois Jules Ferry, l'instruction devient obligatoire de 6 à 13 ans (puis jusqu'à 14 ans en 1936 et jusqu'à 16 ans en 1959). Enfin, une loi est votée en 1889 sur la « protection des enfants maltraités et moralement abandonnés ». Un siècle pile avant l'adoption d'une Convention internationale des droits de l'enfant par l'ONU.

## AH, BONNE MÈRE !

Au XIXe siècle, la « bonne mère » a la cote, sur la Terre comme au Ciel. La Salette (1846), Lourdes (1858), Pontmain (1871)... Rien qu'en France, pas moins de 5 apparitions de la Vierge sont rapportées par des témoins, souvent encore enfants. Surfant sur cette vague miraculeuse, et peut-être aussi sur la féminisation des fidèles dans les églises et dans le clergé, le culte marial ne s'est jamais si bien porté. Statues et lieux de pèlerinage et de culte se multiplient. À Marseille, Notre-Dame-de-la-Garde, consacrée en 1870, prend très vite le surnom donné à la Vierge, en Provence, celui de « Bonne mère ». Un symbole fort qui rejaillit sur toutes les mères de famille, dont le rôle, si longtemps ignoré, se trouve ainsi quasi sacralisé.

# L'ENTRE-DEUX-GUERRES : *l'hygiénisme triomphant*

Au lendemain de la Grande Guerre, la natalité continue sa chute inexorable dans l'Hexagone, contrairement à ce qui se passe ailleurs en Europe. En 1922, le pays enregistre 760 000 naissances, contre 1 450 000 en Allemagne et 1 160 000 en Italie. « La France, par-delà les tombes, cherche les berceaux, resterez-vous sourds à sa prière ? », lance en 1919 Paul Deschanel, futur Président de la République, au Congrès national de la natalité. « Il faut naître ! », titre en 1924 la *Revue de l'Alliance nationale pour l'accroissement de la population française*... La dénatalité est désignée comme un véritable fléau, au même titre que l'alcoolisme, la tuberculose ou la syphilis.

## UNE PRESSION NATALISTE SANS PRÉCÉDENT

Sous la pression des mouvements natalistes, le gouvernement adopte des lois répressives. L'une interdit la vente de contraceptifs, ainsi que toute promotion ou publicité à leur sujet. L'autre réprime sévèrement l'avortement – qui deviendra passible de la peine de mort, plus tard, sous le régime de Vichy. À l'époque, on institue la fête des Mères. Rendu obligatoire par Pétain en 1941, cet événement était au départ destiné à honorer les mères de familles nombreuses. Celles-ci peuvent se voir attribuer une médaille de bronze à partir de 5 enfants, d'argent à partir de 8 et d'or à partir de 10. Les aides financières publiques aux familles restent en revanche quasiment inexistantes (les premières allocations familiales seront instituées à partir de 1938). Ce sont plutôt des fondations philanthropiques, des œuvres de charité ou encore des organisations syndicales et des entreprises « paternalistes » qui vont mettre la main à la poche. Ainsi, le prix Cognacq-Jay est décerné aux familles qui parviennent à totaliser 9 enfants « nés du même lit ».

Dans le même temps, surtout après la crise économique de 1929, les mères sont invitées à rester au foyer pour se consacrer à leur progéniture au lieu d'aller embouteiller le marché du travail.

La maternité est présentée à la femme comme un devoir naturel et, même, une source de bonne santé : « Il vaut mieux pour elle, dans un intérêt national bien compris, fabriquer des enfants plutôt que des fibromes », ose même l'incontournable Pr Adolphe Pinard. Toujours est-il que, malgré toutes ces injections, les Françaises continuent, dans leur majorité, à essayer de ne pas faire plus d'enfants qu'elles n'en souhaitent. De 21,4 ‰ (pour mille) en 1920, le taux de natalité passe à 18,3 ‰ en 1928 et à 14,6 ‰ en 1938. Ce qui fait l'affaire du courant malthusien, ennemi n° 1 du lobby nataliste, qui voit dans la surpopulation un risque accru de guerre et de misère.

## LES GRANDS-MÈRES, CELLES QUI EN SAVAIENT TROP...

Dans les années 1920 et 1930, les conseils concernant l'alimentation, le sevrage, la diversification ou le couchage des bébés contredisent déjà ceux qui avaient été prodigués avant la guerre. Pour les médecins, qui ont suivi les effets de mode et parfois retourné leur veste, les grands-mères et femmes plus âgées deviennent des témoins gênants avec leur « de mon temps... ». Il sera facile de les désigner comme des colporteuses de préjugés archaïques, complètement dépassées, aux yeux des jeunes mères.

### LA PUÉRICULTURE SUR LES BANCS DE L'ÉCOLE

Faute de parvenir à promouvoir les naissances, l'État et le corps médical continuent à s'activer pour garder en vie les jeunes enfants. Malgré les grands progrès réalisés depuis Pasteur et les débuts de la vaccination, la mortalité infantile reste élevée. Les médecins puériculteurs – qui sont encore en majorité des obstétriciens – continuent de diffuser leurs préceptes hygiénistes auprès des populations d'origine modeste dans les consultations pour nourrissons. Leur souhait est plus que jamais de commencer plus tôt l'éducation des mères et épouses en devenir, les petites filles. Selon le Dr Louis Devraigne, chef de service à la maternité de Lariboisière à Paris, reprenant les propos de son maître Adolphe Pinard, c'est en agissant « sur la cire molle des jeunes cerveaux féminins et non plus seulement sur les cerveaux déjà contaminés et endurcis des mères qu'on fera disparaître les préjugés[7] ». En 1923, l'enseignement de la puériculture est officiellement autorisé dans les écoles de filles – au départ, rarement plus de 1 heure par mois.

Dès l'école primaire, les enfants – rien que les filles, forcément ! – apprennent, de façon théorique, la liste des gestes à effectuer pour bien s'occuper d'un bébé, tout ce qui est autorisé, mais surtout tout ce qui est interdit (voir encadré ci-contre). À chaque fin et début de cours, l'enseignante leur dicte ces deux maximes : « Toutes les mères doivent donner le sein à leur enfant » et « Un bébé ne doit jamais être séparé de sa mère ». Le discours nataliste n'est jamais bien loin : « La patrie a besoin de votre concours. En suivant attentivement ces leçons, vous serez bien préparées à votre rôle de future maman et vous contribuerez au redressement de votre pays », peut-on lire dans un manuel paru en 1931 et destiné à l'enseignement des fillettes de 10 à 13 ans. L'ouvrage précise que chaque leçon doit être recopiée dans un cahier et montrée à la famille – qui doit également pouvoir profiter de tous ces conseils avisés. Fréquence des tétées, sevrage, lange, literie, produits de toilette... tout est passé en revue. Il suffit de suivre le mode d'emploi. Et c'est sans doute à cette époque que la puériculture devient cette « science aux contours informes entre arts ménagers et médecine », raillée par Geneviève Delaisi de Parseval et Suzanne Lallemand[8].

---

7 *La puériculture, son histoire, son domaine*, Dr Louis Devraigne, 1943.

8 *L'art d'accommoder les bébés*, Odile Jacob, 2001.

## PAS TENDRE, LA PUÉRICULTURE DES ANNÉES FOLLES !

Ainsi peut-on résumer les principaux interdits, complètement à contre-courant de notre approche actuelle des soins aux petits, que se voyaient fixer les pauvres mamans de l'entre-deux-guerres :

- Tétées et biberons se prennent à heure fixe. Ne pas hésiter à réveiller le bébé s'il est l'heure de manger. Le laisse crier famine si cette heure n'a pas sonné.
- Pas de succion plaisir après le repas. Quand le nourrisson est repu, on ne le laisse pas jouer avec la tétine ou le mamelon.
- Un nourrisson « se règle » dès les premiers jours de vie. Au risque de s'exposer à de nombreux caprices.
- Pour les mêmes raisons, éviter de le bercer, de l'embrasser ou de le prendre dans ses bras pour un oui ou pour un non.

## PAS DE BISOUS POUR LES BÉBÉS CADUM...

Si les bébés de l'entre-deux-guerres sont élevés selon des préceptes terriblement rigides, leurs mamans ne sont pas moins invitées à soigner leur apparence. Fini le mythe de la « crasse protectrice » qui a perduré pendant des siècles. On n'hésite plus à les baigner, souvent tous les jours. À les talquer, à les parfumer... La mode se veut plus sexuée. Le rose et le bleu remplacent peu à peu le blanc traditionnellement dévolu au 1er âge. Les petits portent habituellement une superposition de brassières de toile fine, flanelle et tricot en haut ; ils sont encore souvent emmaillotés lors des premiers mois (mais de façon beaucoup plus souple que par le passé) ou portent une culotte, à l'anglaise, par-dessus leurs couches. C'est l'époque des concours des plus beaux poupons dont le plus connu est celui du « bébé Cadum », lancé par la marque de savon éponyme. Difficile d'imaginer en revoyant aujourd'hui leur frimousse que leurs mamans n'étaient pas tentées, bravant le joug médical, de les dévorer de baisers !

## QUI AIME BIEN CHÂTIE BIEN

« La correction utile est essentiellement œuvre d'amour ; elle doit être douloureuse pour vous autant que pour l'enfant », écrivaient en 1927 Francisque Gay[9], mère de 6 enfants, et Louis Cousin, homme d'Église, co-auteurs d'un épais manuel de puériculture qui remporta un grand succès à l'époque et pendant de nombreuses années. « Avant de prendre son martinet, il faut attendre qu'on ait retrouvé tout son calme et que le délinquant lui-même ait eu le temps de s'apaiser. Cela ne suffit pas ! Il faut lui faire entendre qu'en le corrigeant, on remplit un devoir pénible, mais imposé par le Bon Dieu. » Notons qu'il faudra compter encore près d'un siècle avant de voir passer en France une loi « anti-fessée » !

9 *Comment j'élève mon enfant*, Éditions Bloud et Gay, 1927.

## SUR LE DOS, SUR LE VENTRE OU SUR LE CÔTÉ ?

La position de couchage des bébés a toujours fait l'objet de nombreux revirements et conseils contradictoires :

- **1900 :** les bébés dorment sur le dos.
- **1936 :** pour éviter les régurgitations, on conseille aux parents de coucher leur enfant sur le côté, alternativement à droite et à gauche, pour ne pas risquer une déformation latérale du crâne.
- **1972 :** exit la position sur le côté. Les pédiatres estiment qu'elle n'est pas idéale pour la colonne vertébrale. Les bébés vont donc dormir sur le ventre.
- **1994 :** dans le cadre de la campagne nationale de prévention contre la mort subite du nourrisson, les médecins recommandent le retour à la seule position sur le dos. La position ventrale est formellement proscrite afin d'écarter tout risque d'étouffement et d'échauffement. Le couchage sur le dos, qui a permis de faire diminuer considérablement le nombre de morts subites du nourrisson, continue à ce jour à faire consensus.

# LES TRENTE GLORIEUSES : *l'enfant est une personne*

Après la Libération, les Français ont à nouveau envie de faire des enfants. Et ils ne s'en privent pas. Les mentalités ont changé et la maternité n'est plus systématiquement associée aux notions de devoir ou de sacrifice. On peut plus facilement se réjouir d'une naissance avec la promesse d'élever un enfant bien portant qui voit de plus en plus souvent le jour dans une maternité. À l'aube des années 1950, le Dr Fernand Lamaze développe une méthode d'« accouchement sans douleur » – suite à ce qu'il a pu observer en URSS – à la maternité des Bluets, à Paris. D'abord accusé de publicité mensongère par l'Ordre des médecins, il finit par obtenir l'aval du pape Pie XII, au départ réticent à l'idée de contredire un précepte biblique.

D'inspiration pavlovienne, la méthode Lamaze consiste essentiellement à bien préparer la femme, dès la grossesse, à vivre son accouchement et à l'accompagner au plus près, pendant le travail, notamment à l'aide de la respiration. La douleur, si elle subsiste souvent de façon atténuée, n'est plus une fatalité. Et ça, c'est une révolution. Cette démarche ouvre la voie à une généralisation des préparations à l'accouchement, près de 30 ans avant la mise au point de l'anesthésie péridurale.

## CONTRÔLER LES NAISSANCES

L'élan joyeux du baby-boom ne peut faire oublier les grossesses non désirées, les avortements clandestins et la détresse de tant de femmes, à laquelle aucune réponse n'est apportée. Du moins jusqu'à la création, en toute illégalité, d'une association, « Maternité heureuse ». Son but ? Défendre le droit des couples à contrôler les naissances, en assurant notamment la promotion des rares méthodes de contraception existant à l'époque (Ogino, retrait, préservatifs...) – ce qui, en raison de la loi de 1920 réprimant la « propagande anticonceptionnelle », est formellement interdit. Lors de ces permanences, les femmes peuvent consulter les adresses de médecins formés à la contraception et aussi bénéficier de contraceptifs commandés à l'étranger. La fondatrice de l'association, le Dr Marie-Andrée Lagroua Weill-Hallé, s'est inspirée des visites qu'elle a pu effectuer dans les cliniques américaines de *birth control* pour mettre au point son dispositif.

Ancêtre du Planning familial fondé en 1960, Maternité heureuse avance d'abord prudemment et affiche « non le rejet de la maternité, non la liberté sexuelle, mais un sage contrôle pour privilégier une maternité épanouie ». Déposés le 8 mars 1956, les statuts fixent comme objectif de « lutter contre les avortements clandestins, assurer l'équilibre psychologique du couple, améliorer la santé des mères et des enfants ». Cette orientation s'intéresse donc « davantage au bonheur des mères qu'à celui des femmes », commente l'historienne Yannick Ripa, dans *Libération*, notant au passage l'adaptation permanente et progressive du Planning familial à l'évolution des mœurs.

## L'ÂGE DU CONSUMÉRISME

Plus encore qu'à la femme ou à la mère, c'est bien à la « ménagère », responsable des achats à la maison, que la société de consommation s'intéresse. En lui proposant une liste interminable de nouveaux produits pour son confort comme pour celui de ses enfants (petits pots, barboteuses, couches jetables, petit et gros matériel de puériculture). Avoir un bébé coûte de plus en plus cher et prend de plus en plus de place à la maison ! De nouveaux besoins, de nouvelles envies et de nouvelles frustrations émergent. Si bien décrits dans le roman d'Elsa Triolet, *Roses à crédit*, ou dans la chanson de Boris Vian, *La complainte du progrès*. Pour la séduire, la publicité brosse la ménagère dans le sens du poil, valorise son travail de femme au foyer où subsiste une répartition binaire des rôles entre les deux époux. Monsieur au boulot, madame aux fourneaux, et tout ira pour le mieux dans le meilleur des mondes ! Cette image d'Épinal persiste alors que les femmes sont de plus en plus nombreuses à intégrer le monde du travail. Après tout, la maternité n'est-elle pas un vrai « métier » ? C'est en tout cas ce qu'on affirme aux actualités télévisées. « Mesdames, vous êtes merveilleuses, vous savez tout faire : vous occuper de la maison, de votre mari, de vos enfants ! » ; « L'outil le plus parfait, le seul outil qui ravaude, qui lave, qui épluche les pommes de terre, qui soigne les enfants et qui sourit à son mari, c'est la femme !, lance Pierre Tchernia au 24e Salon des arts ménagers. Alors n'hésitez pas, achetez une femme ! »

## L'AVÈNEMENT DE LA PSYCHOLOGIE DE L'ENFANT

Au lendemain de la Seconde Guerre mondiale, la psychologie apporte un regard nouveau sur l'enfant, son développement et la façon de l'éduquer. Désormais, ses parents n'auront plus seulement à se préoccuper de sa santé, mais aussi de son éveil, de ses apprentissages et de son développement psycho-affectif. Les travaux menés par les psychologues depuis de nombreuses années, aux États-Unis et en Europe, se répandent à vitesse grand « V » pour toucher, peu à peu, le grand public.

Dès le XIXe siècle, en droite ligne des intuitions de Jean-Jacques Rousseau, les chercheurs, ont commencé par observer de près l'évolution du nouveau-né, au fil des mois et des années. Charles Darwin, lui-même, s'est mis à scruter et à décrire les premiers gestes, les premiers mots, les premières émotions, de son propre fils[10].

10 « Esquisse biographique d'un petit enfant », *Revue scientifique de la France et de l'étranger*, 1877.

| LES PIONNIERS DE LA PSY INFANTILE | | |
|---|---|---|
| **John Bowlby** (1907-1990) | Psychiatre et psychanalyste britannique. | Relation mère-enfant ; théorie de l'attachement ; importance des contacts physiques pour le nouveau-né ; séparation. |
| **T. Berry Brazelton** (1918-2018) | Pédiatre américain. | Chaque bébé possède un tempérament bien à lui, le nouveau-né fait preuve de compétences précoces et cherche à interagir avec son entourage ; calendrier du développement de l'enfant de 0 à 6 ans jalonné de progrès et de régression (« les points forts »). |
| **Françoise Dolto** (1908-1988) | Médecin et psychanalyste française. | Psychanalyse des enfants ; rôle de la famille et de la mère sur le développement de l'enfant, l'enfant est une personne ; tout est langage (gestes, regards...) ; le « parler vrai » avec les enfants, dès la naissance ; le « complexe du homard » (à l'adolescence). |
| **Sigmund Freud** (1856-1939) | Neurologue autrichien, fondateur de la psychanalyse. | Les stades de développement de l'enfant : stade oral de la naissance à 18 mois, stade anal de 18 mois à 4 ans, stade phallique après 4 ans ; le complexe d'Œdipe ; la « pensée magique » de l'enfant. |
| **Anna Freud** (1895-1982) | Psychanalyste autrichienne et britannique (fille de Sigmund Freud). | Psychanalyse des enfants ; rôle des parents et de l'entourage dans sa construction psychique. |
| **Arnold Gesell** (1880-1961) | Psychologue et pédiatre américain. | Observation du comportement du bébé et de l'enfant à travers des films et des miroirs sans tain ; mise au point du « baby-test ». |

| | | |
|---|---|---|
| **Mélanie Klein** (1882-1960) | Psychanalyste autrichienne et britannique. | Psychanalyse des enfants à travers le jeu libre avec des figurines et le dessin ; conflits mère-enfant dès le début de la vie ; les fantasmes inconscients du jeune enfant. |
| **Jean Piaget** (1896-1980) | Psychologue et biologiste suisse. | Stades du développement intellectuel chez l'enfant (notamment période « sensori-motrice » jusqu'à 2 ans avec l'exploration du monde et l'appropriation des objets, période « préopératoire » jusqu'à 6-7 ans avec le développement du symbolisme et du langage). |
| **René Spitz** (1887-1974) | Psychologue et psychanalyste américain. | Développement psycho-affectif du jeune enfant ; importance du lien avec la mère ; impact du sentiment d'abandon (« hospitalisme »). |
| **Donald Woods Winnicott** (1896-1971) | Pédiatre et psychanalyste britannique. | Chronologie du développement affectif du bébé grâce à l'observation des relations mère-enfant ; la « préoccupation maternelle primaire » (état particulier d'accordage entre la mère et le bébé au cours des premiers mois) ; le « holding » (importance du portage du bébé) ; la « mère suffisamment bonne » (pas besoin de chercher à être parfaite pour assurer la sécurité affective et l'épanouissement de son enfant. Au contraire !) ; l'« objet transitionnel » (doudou). |

Sans oublier les nombreux autres praticiens qui ont fait bouger les lignes dès la première moitié du xx$^{e}$ siècle : Alfred Binet, Bruno Bettelheim, Serge Lebovici, Margaret Malher, Maria Montessori, Henry Wallon, René Zazzo, etc.

Des études expérimentales menées sur des groupes d'enfants, comme celles d'Alfred Binet, ont ensuite cherché à décrire les étapes des grandes acquisitions et mesurer l'intelligence. En parallèle, c'est surtout la psychanalyse naissante qui va redistribuer les cartes de la relation parent-enfant. Alors que Sigmund Freud s'était plutôt intéressé aux récits d'enfance reconstitués par des adultes, des pionnières, comme Mélanie Klein ou Anna Freud (fille de Sigmund), se lancent dans la psychanalyse des plus jeunes, comme le fera plus tard Françoise Dolto – qui publie, dès 1939, sa thèse *Psychanalyse et pédiatrie*. Une démarche qui va accentuer le caractère primordial du rôle des parents, principalement encore des mères, dans la construction de leur enfant. Et qui va favoriser leur rapprochement.

## PIKLER LOCZY, D'HIER À AUJOURD'HUI

En 1946, Emmi Pikler, pédiatre hongroise, crée une pouponnière pour accueillir les enfants orphelins et abandonnés : l'Institut Lóczy, du nom de la rue où il est installé à Budapest. L'équipe y instaure des conditions d'accueil innovantes pour l'époque, basées sur le respect de l'enfant et de ses rythmes. Elles apportent aux petits des conditions d'apprentissage stimulantes et sécurisantes, sans pour autant les empêcher de faire leurs propres expériences.

Motricité libre, adulte « référent », douceur apportée dans les soins aux bébés ou encore sieste en plein air et en toute saison : cette approche est toujours proposée aujourd'hui par de nombreuses crèches Pikler Loczy en France ou à l'international.

Les travaux de trois grands psys anglo-saxons – René Spitz, John Bowlby et Donald Winnicott – apportent leur pierre à l'édifice. Auprès de nourrissons abandonnés ou placés en pouponnière après la guerre, René Spitz a prouvé les effets dramatiques liés au manque d'affection de ces enfants : indifférence, absence de réactions et d'interactions pouvant aller jusqu'à des symptômes de détérioration du cerveau, quasi irréversibles, ou même à la mort. Ceci alors que ces bébés, en carence affective, recevaient nourriture et soins de base. Ce syndrome est appelé l'« hospitalisme ». Même combat pour John Bowlby, qui montre que c'est un besoin d'affection et de communication inné qui pousse le bébé à rechercher le contact avec sa mère – ou en son absence avec la personne qui s'occupe de lui (de quoi changer la vie des mères qui travaillent dans la journée !). C'est le principe de la fameuse « théorie de l'attachement » qui continue de soulever les passions aujourd'hui.

## MÈRES COUPABLES, LEVEZ-VOUS !

Si elle a contribué à rapprocher les mères de leur enfant, la psychanalyse n'a guère été tendre avec elles. Les freudiens leur témoignaient souvent de la méfiance. Elles étaient fréquemment considérées comme trop distantes ou surprotectrices. Mélanie Klein voyait en chaque mère « une castratrice redoutable ». Selon Bruno Bettelheim, l'autisme serait une psychose dont la génitrice serait responsable, à force d'envoyer des messages inconscients hostiles et froids à son enfant. Il va jusqu'à parler de « mère réfrigérateur ».

### CITATION DE FREUD...

« Quoi que vous fassiez, vous ferez mal ! » C'est ce que Freud répondit, avec humour, à une mère qui lui demandait des conseils pour élever son enfant.

## WINNICOTT ET LA MÈRE « SUFFISAMMENT BONNE »

Considérer que le bébé est indissociable de sa mère, qui veille à ses besoins, c'est ce que pense également Donald Winnicott. Si, peu à peu, l'enfant doit apprendre à se séparer d'elle, à s'individualiser, ce processus est facilité quand la mère se montre « suffisamment bonne ». C'est-à-dire ni indifférente, ni étouffante... et surtout pas parfaite ! Voilà qui devrait déculpabiliser bien des femmes, notamment au moment de confier leur bébé. Mais la force manifeste de la culpabilité maternelle nous oblige à parler au conditionnel...

Côté puériculture officielle, dans les années 1950-1960, les choses ont peu évolué depuis les années 1930. Le carcan des consignes laisse peu de place aux interactions précoces, à l'éveil et au développement psycho-affectif. Un vent d'émancipation souffle pourtant, venu des États-Unis. Un pédiatre féru de psychanalyse, le Dr Benjamin Spock, publie ce qui deviendra un best-seller international : *The Common Sense Book of Baby and Child Care*, qui réhabilite le bon sens parental. Le médecin prône une éducation plus souple et plus affectueuse : « N'ayez pas peur de l'aimer et de satisfaire ses besoins. Les enfants ont besoin de sourires et de caresses autant que de vitamines et de calories. » Iconoclaste, le Dr Spock est le premier à vouloir déculpabiliser les mères en leur martelant : « Vous en savez bien plus que vous ne le croyez ! » L'ouvrage, très critiqué par ses confrères, qui lui reprochent d'être trop permissif, est traduit en France en 1952. Où il est également décrié par le corps médical.

Toujours aux États-Unis, notons la création en 1956, dans la banlieue de Chicago, d'une association, La Leche League. À l'origine, on retrouve 7 mères de famille qui décident de promouvoir l'allaitement maternel, alors en perte de vitesse. Et pour cela, rien de tel que l'entraide et le partage d'expérience entre mères. « Ce discours vise à rendre à la femme une autonomie face à ce que certaines ressentent, après les années hygiénistes, comme l'intrusion dans la famille des experts et du pouvoir médical », commente René-Jean Bouyer, auteur et réalisateur[11].

## LE « MÉTIER » DE MAMAN…

En 1965, forte du succès de son livre *J'attends un enfant*, Laurence Pernoud lance la nouvelle bible du parent moderne, *J'élève mon enfant*, régulièrement rééditée et réactualisée jusqu'à nos jours. Rédigé par une mère de famille, l'ouvrage est préfacé par un célèbre pédiatre, le Pr Robert Debré. Son édition originale propose des conseils détaillés sur le trousseau du bébé, sa toilette, son alimentation, sa santé et son éducation. Toutefois, note l'autrice, « le chapitre le plus important de ce livre, le sixième, ne parle ni de biberons, ni de couches, ni de rougeole. Mais mois après mois, de la naissance à l'école, ce chapitre raconte ce qui se passe dans la tête et le cœur de l'enfant, ce qui le pousse à faire tel geste, ce qui provoque telle attitude, ce qui

11 *Les mémoires d'un bébé*, Éditions Jean-Claude Gawsewitch, 2010.

créée tel besoin ». La psychologie du développement est passée par là. Dans l'ensemble, l'ouvrage reflète une puériculture assez traditionnelle ne laissant guère le choix aux femmes d'allaiter ou pas. (« Vous allaiterez » s'intitule le chapitre consacré à la nutrition du premier âge.) Mais il se montre plus souple quand il s'agit de trancher certaines questions fondamentales, comme la propreté, les pleurs ou la tétine.

Signe des temps, le père est le grand absent de cette ode au « métier de maman ». Pas le moindre propos, pas la moindre illustration ne lui sont consacrés. De même est éludée la question de la vie professionnelle. À celles qui travaillent Laurence Pernoud conseille d'« avoir à domicile une personne qui s'occupe du bébé, soit une personne de la famille, soit une aide gentille. Ainsi y aura-t-il au moins une chose qui ne changera pas autour du bébé dans la journée : le cadre ». Et la crèche ? Selon l'autrice, ce mode de garde « présente un double inconvénient. L'enfant doit s'adapter à un double rythme, à un double régime : celui de la crèche et celui de la maman. Il faut qu'il s'accommode de plusieurs figures maternelles, celle de sa mère à la maison, celles des berceuses et des infirmières à la crèche. Même quand il s'agit d'une bonne crèche et d'une bonne mère, parfois cette superposition ne va pas sans troubles ». De là à en déduire que la mère a tout intérêt à rester à la maison pour bien s'occuper de son enfant, il n'y a qu'un pas...

N'oublions pas que cette première édition de *J'élève mon enfant* – qui évoluera beaucoup par la suite – paraît à la veille de grands bouleversements qui vont changer la vie des femmes et des couples. Le vote de la loi Neuwirth autorisant la contraception en 1967, la loi Veil sur l'avortement en 1974 et , bien sûr, le vent de liberté soufflé par Mai 68.

## ALLO MAMAN DOLTO

« Ce que je voudrais faire, c'est aider les parents à réfléchir à ce qu'ils pourraient faire », expliquait Françoise Dolto, la première en France à avoir osé s'adresser directement aux parents à la radio. D'abord lors d'une première expérience sur Europe 1, en 1968-1969, sous couvert d'anonymat en utilisant le pseudo de « Dr X ». Puis, en son nom propre, sur France Inter, entre 1976 et 1978. Dans ***Lorsque l'enfant paraît***, l'animateur Jacques Pradel lui lisait des lettres envoyées par des auditeurs. La psychanalyste répondait ensuite, en quelques minutes, à leurs questions sur diverses questions d'éducation (sommeil, propreté, sexualité, école…) ou de société (divorce, mort, maladie…). L'émission eut très vite un immense succès.

Avec simplicité et brio, Françoise Dolto expliquait au grand public des concepts psychanalytiques (dont certains paraissent aujourd'hui un peu dépassés). Sans chercher à se positionner en tant que seule détentrice du savoir, malgré un ton jugé parfois un peu péremptoire. « Il s'agit de rendre un peu de bon sens dans la relation « parents-enfants », affirmait celle qui, au cours de 375 heures d'enregistrements, souhaitait que les parents trouvent, par eux-mêmes, des solutions et des mots pour en parler à leurs enfants.

# LES ANNÉES 1970-1980 : *du passé faisons table rase !*

Au début des années 1970, on assiste à la diffusion d'une abondante littérature consacrée à l'enfant, à ses besoins psycho-affectifs et à l'éducation. Et c'est maintenant au tour du bébé d'être au centre de toutes les attentions. En 1974, Frédérick Leboyer publie un vibrant plaidoyer en faveur d'une « naissance sans violence ». L'obstétricien préconise un changement radical dans l'accueil du nouveau-né, en milieu médicalisé, ce qui est devenu la norme. Jusqu'alors, ce dernier pointait souvent le bout de son nez sous la lumière crue d'un scialytique, dans le bruit et l'agitation… Et se retrouvait sitôt suspendu par les pieds en recevant une bonne tape sur les fesses, pour déclencher le premier cri !

## UN PEU DE RESPECT POUR LES BÉBÉS !

Il est temps de dénoncer ces pratiques barbares et d'instaurer à la place un rituel de douceur et d'humanité. À la maternité de Pithiviers, où exerce le Dr Leboyer, l'enfant naît dans la pénombre et le calme, il est immédiatement posé sur le ventre de sa mère et le cordon n'est coupé qu'au moment où il cesse de battre. Les premiers soins peuvent bien attendre pour laisser au nouveau-né le temps de rencontrer ses parents (ça y est, les pères ont fait leur entrée en salle d'accouchement !).

Outre le « peau à peau », qui mettra encore bien des années à se généraliser dans les maternités, l'obstétricien, qui a beaucoup voyagé en Inde, invite les parents à masser leur bébé. Il est aussi l'un des premiers à avoir attiré l'attention sur les capacités du nouveau-né à ressentir du stress et même de la douleur, dès le début de sa vie – approche qui, rappelons-le, continuera à être déniée dans le monde médical jusque dans les années 1990.

« Le bébé est une personne », doté de son propre tempérament, de ses besoins spécifiques comme celui de communiquer avec sa mère dès la naissance. C'est aussi ce que veut démontrer, de l'autre côté de l'Atlantique, T. Berry Brazelton. À Boston, le médiatique pédiatre, habitué des shows télévisés, a mis au point une série de tests destinés à évaluer le comportement du nouveau-né, en observant notamment sa réaction à différents stimuli (sonores, visuels, tactiles...). Dès que c'est possible, les parents sont impliqués dans cette série d'exercices, ce qui leur permet de constater à quel point leur enfant est déjà sensible à leur présence et recherche l'interaction.

## PERSUADER PLUTÔT QU'ORDONNER

Le coup de projecteur sur ces échanges précoces, tout comme l'attention portée aux relations parents-enfants, contribue à assouplir le discours de la puériculture post-soixante-huitarde. « Le rigoureux conditionnement prôné durant les années cinquante fait place, vers les années soixante-dix, à un refus des contraintes non justifiées médicalement – celle du dressage précoce à la propreté anale, celle de l'alimentation aux horaires fixes, celle du lange qui entrave, etc. », constatent Geneviève

Delaisi de Parseval et Suzanne Lallemand[12], qui ont analysé les propos de différents manuels de puériculture existant à l'époque. « Désormais, poursuivent les autrices, on ordonne moins souvent, on préfère persuader : la femme ne doit plus obligatoirement allaiter, elle est invitée à réfléchir sur les deux types d'alimentation du bébé, dossier en main. » Parmi les nouvelles tendances, on observe une revalorisation de l'allaitement maternel au sein des maternités, après des années de désaffection au profit du biberon. Avec un argument choc qui se superpose aux multiples bienfaits nutritionnels et immunologiques attribué au lait de femme : nourrir son enfant favorise aussi ce fameux « lien » devenu si précieux. Ainsi, en 1972, 37 % des mères allaitent leur bébé, en moyenne, pendant 6 semaines ; elles sont 48 % en 1976 et 51 % en 1977[13]. C'est donc une femme sur deux qui donne le sein à la naissance : à noter que cet ordre de grandeur est à peu près équivalent à ce qui prévaut encore aujourd'hui, sachant que l'allaitement maternel a beaucoup moins progressé en France que dans d'autres pays, notamment en Europe du Nord. À aucun moment de l'histoire d'ailleurs, les femmes n'ont unanimement accepté de se plier à cette injonction à l'allaitement maternel. Quels que soient les multiples et indéniables avantages présentés par cette pratique, elle semble plus que toute autre relever du choix personnel de chacune.

Si l'esprit critique des femmes s'exprime davantage face aux diktats de la puériculture, l'une d'entre elles, Élisabeth Badinter, ne va pas hésiter à remettre en cause un dogme jusqu'alors considéré comme intouchable : l'instinct maternel. Dans *L'amour en plus*, publié en 1980, la philosophe avance qu'il relève d'une construction sociale plutôt que d'une « nature féminine ». Une mère ne peut savoir, rien qu'en suivant une impulsion innée, universelle et nécessaire, comment répondre aux besoins de son nouveau-né, contrairement à ce qui se passe chez les animaux.

---

12 *L'art d'accommoder les bébés*, Éditions Odile Jacob, 2001.

13 *Histoire illustrée de la puériculture*, Pierre Huard et Robert Laplane, Éditions Roger Dacosta, 1979.

## L'INSTINCT MATERNEL EXISTE-T-IL ?

Pour étayer son propos, l'autrice décrit différents types de comportements ayant prévalu chez les femmes à travers l'histoire – notamment l'indifférence manifestée vis-à-vis des nourrissons à la fin de l'Ancien Régime – et souligne leur diversité : « Qu'est-ce qu'un instinct qui se manifeste chez les unes et pas chez les autres ? Faut-il considérer comme « anormales » toutes celles qui l'ignorent ? Et que penser d'un comportement pathologique qui touche tant de femmes de conditions différentes et dure pendant des siècles », écrit-elle. De même, pour la philosophe, le sacro-saint amour maternel ne va pas non plus de soi. « À observer l'évolution des attitudes maternelles, on constate que l'intérêt et le dévouement pour l'enfant se manifestent ou ne se manifestent pas. La tendresse existe ou n'existe pas. Les différentes façons d'exprimer l'amour maternel vont du plus ou moins en passant par le rien, ou le presque rien. » Ces propos iconoclastes ont fait l'objet d'une bombe à la publication de l'ouvrage. Ils ont certainement contribué à déculpabiliser bon nombre de mères pour qui l'amour ne s'est pas déclaré au premier regard avec leur enfant, comme on avait pu leur faire croire.

On conçoit dès lors qu'il faille parfois un peu de temps pour tisser ce lien, notamment quand la naissance a été difficile ou lors d'une séparation précoce maman-bébé pour raison de santé. Que tout se rejoue toujours. Et qu'un jeune parent qui ne se sent pas inondé d'amour à la première seconde n'est pas pour autant une mauvaise mère... ou un mauvais père ! Car la question se pose à présent aussi pour les pères qui commencent à être impliqués dans le suivi de la grossesse, notamment à travers les échographies, et qui ont pris place en salle d'accouchement. Parfois un peu contraints et forcés diront certains, toutefois restés minoritaires.

Bien sûr, il faudra encore de longues années avant que les « nouveaux pères » ne trouvent réellement leurs marques auprès de leur bébé, puis de leur enfant. Encore de longues années pour que les mères acceptent de les faire entrer dans ce qui était depuis toujours leur pré carré... On ne fera pas sauter d'une pichenette des verrous ancestraux subsistant au sein du couple, de la société et du monde du travail, mais la révolution de la coparentalité est en marche. Pères et mères vont pouvoir partager les mêmes joies, les mêmes émois et très vite les mêmes doutes et la même culpabilité viscérale. Pour ce qui est de partager les tâches ménagères, il faudra montrer encore beaucoup de patience !... L'égalité entre les sexes patine et patinera encore longtemps. Une fois acquise la maîtrise de la fécondité, le combat féministe se fixe sur cet objectif, dans le monde du travail comme à la maison.

## L'ESCLAVAGE DOMESTIQUE DE LA FEMME-SHIVA

La maternité n'est plus considérée comme une fatalité. C'est désormais un choix personnel, un choix de couple – tandis que celui de ne pas avoir d'enfant reste durablement incompris et stigmatisé. Toujours est-il que les femmes qui souhaitent, ou qui doivent, mener de front vie professionnelle et vie familiale sont confrontées à des difficultés liées à la fatigue et à un emploi du temps non extensible. Sommées d'être performantes sur tous les fronts – vie active, sociale et conjugale – tout en restant de « bonnes mères », elles font face à des impératifs inextricables. Entre tâches ménagères et familiales qu'elles assurent presqu'exclusivement seules, certaines dénoncent un véritable esclavage domestique qui va à l'encontre de leur épanouissement personnel. En 1987, la journaliste du magazine Elle Michèle Fitoussi publie un pamphlet édifiant, « Le ras-le-bol des superwomen ». Le constat de l'autrice est amer : « Réussir dans la carrière choisie, certes. C'était là notre objectif premier. Mais il y avait le reste. Tout le reste. Dont personne ne nous avait soufflé mot. Mille autres existences à mener de front tout en visant la perfection (car il est bien entendu que les femmes, infatigables petites fourmis laborieuses, sont en toute occasion irréprochables). Cumulardes du quotidien, nous nous devions d'être à la fois SuperBosseuses et SuperMamans, SuperÉpouses et SuperAmantes, SuperMaîtresses de maison et… SuperFatiguées quand venait le moment d'aller se coucher après des journées de soixante-douze heures. »

# AU TOURNANT DU XXI$^{E}$ SIÈCLE : nature et neurosciences à tous les étages !

À l'aube des années 1990, de nombreuses femmes, parmi les plus précaires, sont touchées de plein fouet par la crise économique et renvoyées dans leurs foyers. D'autres, déçues par le monde du travail, « se mirent à penser que le statut de mère de famille en valait bien un autre et que les soins et l'éducation de leur enfant pourraient être leur chef-d'œuvre », constate Élisabeth Badinter, dans *Le conflit – La femme et la mère*[14]. La philosophe y décrit le retour au « naturalisme », une tendance qui a d'abord repris vigueur aux États-Unis avant de toucher l'Europe. Allaitement à la demande et prolongé, accouchement physiologique (sans péridurale), peau à peau, portage, massage, mais aussi retour aux petits pots « bio et faits maison », aux couches lavables ou aux jouets de bois... Ces tendances gagnent du terrain. « La société invente une maternité idéalisée, post-hippie, distincte de la répression caractéristique des méthodes de puériculture qui ont dominé pendant trois quarts de siècle », commentent Geneviève Delaisi de Parseval et Suzanne Lallemand[15].

Ces suggestions de retour au naturel, un peu baba cool, sûrement écolos, deviennent à leur tour, et peu à peu, de nouvelles injonctions auxquelles tout bon parent doit se plier. Même si ces pratiques, propices au bien-être de nos précieux bébés, désormais si désirés, se révèlent chronophages (il faut

---

14 Flammarion, 2010.

15 *L'art d'accommoder les bébés.*

de plus en plus de temps pour s'occuper de son enfant) et pas toujours faciles à mettre en place. À plus forte raison quand on a, de surcroît, une vie professionnelle à assurer et que la durée légale du congé de maternité reste désespérément limitée à 10 semaines, en postnatal, pour un 1er ou un 2e enfant (18 semaines pour un 3e). « Les tâches maternelles sont devenues de plus en plus ambitieuses, de plus en plus accablantes, sur fond de nervosité et d'anxiété », constate l'historienne Yvonne Knibiehler, la grande spécialiste de l'histoire des mères[16]. Qui aurait encore envie de s'y coller après ce terrifiant descriptif ? Et pourtant…

## LA BOULE DE CRISTAL DES NEUROSCIENCES…

Bienveillance, empathie, proximité, naturel, positif ! Ce sont ces mots-là, teintés d'optimisme, qui reflètent, au tournant des années 2000, les nouvelles tendances de la parentalité. Parentalité ? Voilà encore un néologisme qui s'est imposé depuis peu pour élargir le champ, devenu trop étroit, de la « maternité », faire évoluer les représentations de la famille (recomposée, monoparentale, homoparentale, etc.) et aussi désigner le statut juridique et social du parent.

Ces dernières années, la puériculture traditionnelle s'est découvert une nouvelle autorité tutélaire qui va revisiter tous les fondements de la psychologie de l'enfant : les neurosciences ! Même les plus suspicieux des psychanalystes ont cédé à la tentation de consulter cette boule de cristal qui permet de lire dans le cerveau des enfants pour mieux connaître leurs réactions et leurs besoins. Grâce à l'imagerie médicale, les chercheurs ont ainsi pu démontrer, scientifiquement, qu'une attitude affectueuse et « bienveillante » provoque une sécrétion d'hormones du

16 *La révolution maternelle depuis 1945*, Éditions Perrin, 1999.

bien-être dans les jeunes cerveaux en construction, encore dominés par les émotions. Et, *a contrario*, comment leur cortex frontal est attaqué par des hormones toxiques (cortisol) en cas de situation de stress ou de violence. La tendresse et l'attention, ça aide donc à bien grandir ? IRM et dosages sanguins n'ont fait que confirmer ce que nombre de parents, de soignants, de psychologues et d'éducateurs avaient attesté depuis bien longtemps. Désormais, l'argument devient irréfutable et fait même force de loi. Les travaux des neuroscientifiques ont ainsi largement inspiré la loi sur les VEO (Violences éducatives ordinaires), ou « loi anti-fessée » votée en France en 2019 – 40 ans après la Suède ! Et, plus récemment, les travaux de la Commission des 1 000 jours, présidée par le neuropsychiatre Boris Cyrulnik, qui ont conduit notamment à l'allongement à 28 jours du congé de paternité.

Les neurosciences ont aussi apporté de l'eau au moulin d'un nouveau courant : l'éducation positive. Celui-ci est né aux États-Unis dans les années 1970, dans la lignée des travaux de psychologues qui ont montré l'importance de l'empathie et de la bienveillance dans la communication (Carl Rogers, Marshall B. Rosenberg, Haïm Ginott). Remettant en cause les attitudes traditionnelles et autoritaires, il conseille aux parents de se montrer à l'écoute des émotions de leur enfant, de toujours garder calme et patience pour y répondre – même quand, comble du désarroi, ce dernier pique une colère dans la file d'attente du supermarché. Les adultes doivent savoir se mettre au niveau de leur enfant, le « contenir » dans leurs bras si besoin et toujours lui expliquer pourquoi il ne doit pas faire telle ou telle chose. Toujours sans élever la voix et, bien sûr, sans jamais lever la main sur lui.

## POSITIF OU « TRADI » : CHOISIR SON CAMP

Pavé de bonnes intentions et forcément séduisant, ce nouveau concept connaît un immense succès en France depuis une vingtaine d'années. Avec, au départ, la traduction de best-sellers, comme *Parler pour que les enfants écoutent, écouter pour que les enfants parlent* d'Adèle Faber et Elaine Mazlish, deux mères de famille américaines qui ont développé une méthode de communication parent-enfant. Depuis, les ouvrages, sites internet, réseaux sociaux, formations et ateliers consacrés à l'éducation positive se sont multipliés, repoussant sans cesse le seuil de ce qui peut être considéré comme un début de maltraitance : crier après son enfant, le punir, tenir certains propos à son encontre... Des spécialistes, comme la psychologue Isabelle Filliozat ou la pédiatre Catherine Gueguen, ont largement contribué à diffuser ces préceptes. « Depuis des millénaires, on a cru que, pour élever les enfants, il fallait les humilier verbalement et physiquement et les punir. C'était du dressage. [...] Actuellement, on a une chance extraordinaire d'avoir des scientifiques dans le monde entier qui nous disent ce qu'il faudrait faire idéalement. [...] Ils nous disent des choses que l'on sait intuitivement : qu'il faut avoir de l'empathie pour les enfants, les comprendre, » expliquait Catherine Gueguen dans *La Maison des Maternelles.*

Bien qu'ayant encore le vent en poupe, la « parentalité positive » – citée dans une recommandation du Conseil de l'Europe visant à améliorer les droits de l'enfant en 2006 – est déjà fréquemment remise en question. Souvent par les parents eux-mêmes (cf. quelques titres apparus dans la presse : « Les limites de l'éducation positive » – *L'Express* ; « Marre de l'éducation positive ! » – *Magicmaman* ; « L'éducation positive est-elle vraiment positive ? » – *Slate*). Pour leurs détracteurs, ces méthodes ne marchent pas et sont difficiles, voire impossibles, à mettre en place. Certains parents préféreront se tourner vers une variante du courant, la « discipline positive » pour qui, selon son site de référence, « l'autorité s'exerce sans soumission, en conciliant fermeté et bienveillance ». L'enjeu étant toujours de continuer à donner à l'enfant les limites dont il a tant besoin, au risque de voir resurgir le spectre de l'« enfant tyran » ou de l'« enfant roi ».

Sur les réseaux sociaux, le terme d'« autorité » est tour à tour réhabilité et fustigé par les défenseurs d'une éducation néo-traditionnelle et ceux de l'éducation positive. Pour les uns, la punition efficace existe, pour les autres, elle est inenvisageable. Encore et toujours le mouvement de balancier qui fait que la bonne façon de faire d'un jour est décriée plus tard... Ou simultanément, dans la même période. Ce qui arrive de plus en plus souvent. Dans chaque méthode, il vaudrait mieux considérer qu'il y a forcément à prendre et à laisser. Certains parents ont pris le sage parti de « faire leur marché » parmi les multiples conseils et solutions qui leur sont proposées. D'autres, plus anxieux, plus facilement en proie au doute, aimeraient s'en remettre à des consignes simples, à suivre à lettre.

## QUELLE PRISE DE TÊTE[17] !

Ci-dessous le texte de l'affichette placardée avec humour par une pédiatre bruxelloise dans sa salle d'attente...

**1980**

S'assurer que son enfant mange à sa faim et étudie bien pour réussir dans la vie.

**2020**

- Veiller à répondre aux besoins émotionnels, scolaires et psychologiques de son enfant, mais faire attention à ne pas lui mettre la pression ou le surstimuler.
- Lui servir des repas sains et faits maison.
- Éviter le plastique. Et le sucre. Et les couches jetables.
- Ne pas être trop strict, ni trop protecteur, ni trop laxiste.
- L'accompagner pour ses devoirs et booster sa créativité.
- Éveiller sa conscience écologique.
- Fixer des limites. Mais pas trop.
- Lui prévoir des activités sportives ou récréatives et des stages durant les vacances. Mais pas trop.
- Prendre un congé pendant les examens pour le faire réviser. Mais ne pas le stresser davantage.
- Connaître la différence entre Tik Tok® et Instagram®. Mais réduire sa consommation d'écrans.
- Confectionner des cupcakes à distribuer pour son anniversaire. Mais éviter les aliments allergènes.
- Partager des photos de lui sur les médias sociaux. Ou surtout pas.
- Le préparer à affronter la rudesse du monde. Faire tout pour son bonheur personnel.
- Rester patient. Toujours.

17 Source : Le Vif/L'Express.

## DE L'INTÉRÊT « SUPÉRIEUR » DE L'ENFANT

Programmés par leurs parents aux alentours de la trentaine, plus rares et très désirés, appelés « précieux » quand ils arrivent au terme d'un parcours de PMA (1 naissance sur 30 en France), les bébés d'aujourd'hui sont plus que jamais au cœur de toutes les attentions. Pas question de se « louper » côté éducation quand on en a seulement 1, 2 ou 3 à élever. Désormais dans sa famille, comme dans nos sociétés occidentales, tout doit tendre vers l'« intérêt supérieur » de l'enfant – un maître-mot utilisé pour la première fois dans la Convention internationale des droits de l'enfant, adoptée à l'ONU en 1989, et désormais repris par de nombreux textes de lois. En creux, les parents sont invités à faire passer leur intérêt, à eux – leur bien-être et leur épanouissement ? –, après celui de leur petit. Comme si les deux approches semblaient tout à coup inconciliables. La tâche paraît colossale pour tous ceux et celles qui tenteraient de mettre en pratique tout ce qui leur est désormais proposé, via la puériculture, la psy, la science sans oublier les réseaux sociaux, pour répondre à tous les besoins de leur enfant.

La pression exercée sur les parents, même si elle ne s'arrête jamais, est particulièrement forte au cours du 1<sup>er</sup> âge. Élisabeth Badinter dénonce ce qu'elle appelle « l'*imperium* du bébé ». « Ironie de l'histoire : c'est au moment où les femmes occidentales parviennent enfin à se débarrasser du patriarcat qu'elles retrouvent un nouveau maître à la maison ! » Dès lors, en conclut la philosophe, pour être une « bonne mère » au XXI<sup>e</sup> siècle, les Françaises finiront peut-être par se retrouver face à la même alternative que les Allemandes : se consacrer à plein temps à la maternité ou renoncer à avoir des enfants. Ni plus ni moins.

## LES MÈRES INDIGNES SE REBIFFENT

Sans aller jusqu'à cette extrémité, les *wondermamans*, au bord de la crise de nerfs, se rebiffent, souvent avec humour, contre le sacerdoce qui leur est imposé. Du spectacle *Mother Fucker* de Florence Foresti (2009) aux ouvrages *Mères indignes* de Nadia Daam, Emma Defaud et Johanna Sabreux (2011) en passant par le jubilatoire *La mère parfaite est une connasse* (2020) d'Anne-Sophie et de Marie-Aldine Girard, les titres sont explicites ! « Dans la catégorie des mères parfaites (donc des connasses), il existe une mère parfaite plus perfide encore que les autres : la maman Instagram. Elle est là sur nos réseaux à arborer son ventre plat, son enfant parfait et son canapé blanc. [...] On a beau savoir que tout est faux et mis en scène, ça nous bousille le moral », commentent les sœurs Girard. Un discours qui fait du bien à toutes celles, mères imparfaites et fières de l'être, qui y adhèrent. Pour les autres, si nombreuses, si nombreux, qui continuent à courir après un idéal de perfection parentale, c'est une autre histoire.

PARTIE 2

# LES AVENTURIERS *du quotidien*

Au fil du temps, comme nous l'avons vu, les parents se sont mis à se poser beaucoup plus de questions et à douter d'eux-mêmes. De génération en génération, la tâche qui leur incombe semble devenir de plus en plus complexe et exposée à des jugements qui n'émanent plus seulement des « sachants », mais aussi de leurs pairs. Les sources d'information se sont multipliées : livres, télé, radio, sites internet et, bien sûr, réseaux sociaux qui incitent les uns et les autres à se comparer, à se jauger et à s'évaluer par rapport à ce que leur renvoient des mamans dites « influenceuses ». Les métiers dédiés à la parentalité sont plus nombreux : pédiatres et psychologues ne sont plus les seuls à être consultés pour la santé et le bien-être des enfants. On les envoie aussi, de plus en plus souvent et de plus en plus tôt, chez des spécialistes (allergologues, gastro-entérologues, ophtalmologistes, pédodentistes, dermatologues, etc.) ou des rééducateurs (orthophonistes, psychomotriciens, kinésithérapeutes, ergothérapeutes, psychopédagogues, etc.). Puis une légion de « coaches » ou « consultants » offre désormais ses services à tous ceux qui veulent devenir encore de meilleurs parents ou qui peinent à trouver des solutions.

# LES GRANDS DOUTES *de la petite enfance*

Répondre aux attentes de ces parents inquiets, en leur proposant différentes pistes, sans pour autant complexifier encore leur questionnement... Les informer, faire de la vraie prévention en évitant d'être anxiogène... Tels sont les défis qui se posent chaque jour à la seule émission du PAF dédiée aux parents, *La Maison des Maternelles*. À l'exception de certains sujets « pratico-pratiques » (ex. : comment préparer un biberon ? Quelles positions pour allaiter ? Comment donner le bain à mon bébé ?...) qui peuvent être traités grâce à un « tuto » efficace, la plupart des thèmes évoqués dans le programme fait plutôt l'objet d'un accompagnement. Ils incitent les parents à se poser les bonnes questions, à exprimer leurs doutes, à peser le pour et le contre et, si nécessaire, à consulter un spécialiste. Ils doivent aussi les aider à s'y retrouver entre des conseils qui se contredisent tous les 10 ou 20 ans, ou, plus déconcertant encore, d'un expert à l'autre. Pour naviguer sur de grandes questions comme le mode d'allaitement, le sommeil, les pleurs, la crise d'opposition des 2 ans ou les écrans – exemples choisis ici – mieux vaut aider chacune ou chacun à trouver des solutions qui lui conviennent et lui ressemblent le plus.

## DONNER CONFIANCE AUX PARENTS

« En 40 ans de pédiatrie, j'ai constaté que les parents avaient beaucoup changé. Ils se mettent déjà la pression face à des obligations de résultat : leur bébé doit faire ses nuits à tel âge, marcher à tel âge, être propre à tel âge... Parfois, ils ne voient pas qu'il y a un nouveau-né devant eux, qui va leur apprendre quelque chose et les faire grandir eux aussi ! Un enfant est déjà incroyablement réceptif et pas si fragile que ça. C'est notre rôle de pédiatre de leur montrer ceci et de les aider à lâcher prise.

Heureusement, j'observe que les pères sont pourtant beaucoup plus présents que par le passé. Ils s'investissent tout de suite dans les soins. Mais souvent, je constate que le couple n'a pas échangé autour des inquiétudes de chacun avant de venir dans mon cabinet. Ils le font parfois sur place, devant moi. Je leur dis que c'est normal de ne pas savoir s'y prendre quand on a un premier bébé. C'est comme se retrouver face à un adolescent, qu'on ne reconnaît pas, qu'on ne comprend plus, on est perdu. À nous, médecins, de ne pas attendre qu'on nous pose les questions et de savoir les anticiper. »

**DR ARNAULT PFERSDORFF, PÉDIATRE**

## Sein ou biberon : c'est moi qui décide ?

Nourrir son enfant au sein ou au biberon ? Dans notre pays, ce choix personnel reste au cœur d'un débat passionnel. Moins de 70 % des bébés sont allaités, au moins une fois, à la maternité (contre 98 % en Suède, 86 % en Italie et 82 % en Allemagne) et 52 % le sont exclusivement au retour à la maison. Six mois plus tard, seuls 20 % d'entre eux reçoivent encore du lait maternel (contre 70 % en Suède). On est loin des prescriptions de l'OMS qui recommande l'allaitement, exclusif jusqu'à 6 mois et, en complément de la diversification alimentaire, jusqu'à 2 ans ! L'organisation internationale ne manque pas de rappeler que l'allaitement exclusif pourrait « sauver la vie de 820 000 enfants chaque année dans le monde » ! Officiellement, même si cela peut surprendre, ces recommandations sont valables pour tous les pays confondus, du Nord au Sud, quel que soit le taux de mortalité infantile...

### LAIT MATERNEL : TOUJOURS IMITÉ, JAMAIS ÉGALÉ !

En France, alors que le taux d'allaitement avait nettement progressé à partir de 1990, il stagne depuis plusieurs années, reléguant notre pays en queue du palmarès européen. Le discours des professionnels sur les vertus du lait maternel, entendu par les futures mamans dès le début de la grossesse, est pourtant sans appel : au fil du temps, sa composition évolue pour s'adapter parfaitement aux besoins de l'enfant. Il est idéalement dosé en lactose, protéines, vitamines et minéraux et, surtout, contient les précieux anticorps transmis par la maman. Il permet une décharge hormonale, en particulier d'ocytocine, l'hormone qui favorise l'attachement. Il serait aussi excellent pour le développement des capacités cognitives du nourrisson.

En fait, la liste des bienfaits du lait maternel, scientifiquement attestés, est interminable. Dans ces conditions, peut-on en déduire que les laits infantiles sont moins bons, voire seulement un peu moins bons, pour la santé de nos petits ? Eh bien non, en tout cas, les choses ne sont jamais formulées de cette façon abrupte ! « Surtout, évitez toute pression inutile, conseille le Dr Arnault Pfersdorff aux parents qui optent pour le biberon[1]. Dédramatisez et déculpabilisez. Les laits de substitution sont de bonne qualité pour la croissance de votre enfant, c'est prouvé, il n'y a aucune inquiétude à avoir. » En principe donc, d'un point de vue nutritionnel – pour les bébés nés à terme – sein ou biberon, c'est du pareil au même.
Enfin presque, argumente Véronique Darmangeat, consultante en lactation : « Les préparations pour nourrissons sont conçues, en principe, pour remplacer le lait maternel. Évidemment, ce n'est pas équivalent et cela ne le sera probablement jamais, car une préparation pour nourrissons ne pourra pas s'adapter au fur et à mesure, mais, aujourd'hui, on fait grandir correctement des enfants avec des préparations pour nourrissons[2]. » Le propos reste parfois un peu ambigu, non ?

## LE POIDS DU MODÈLE FAMILIAL

Laissons de côté, l'argument santé qui motive rarement, à lui seul, le positionnement des jeunes parents. De multiples paramètres entrent en ligne de compte : histoire familiale très souvent, mais aussi relations de couple (sein nourricier vs sein érotique, mise à contribution du papa au moment de la tétée ou pas...), avis de l'entourage proche, des professionnels de santé, vécu de l'accouchement, perspective de la reprise du travail, etc. Parfois, le choix est déjà bien arrêté à l'arrivée à la maternité.

1 *Bébé, premier mode d'emploi*, Hachette Pratique, 2017.
2 *In La Maison des Maternelles* (LMDM).

*« J'ai décidé avant même d'être enceinte. J'ai toujours vu tout le monde allaiter dans ma famille, comme si c'était une évidence pour le côté naturel, facile aussi »,* explique **Jeanne**, qui vient d'accoucher de **Joseph**.

De son côté, **Isabelle**, maman de **Noam**, est restée hésitante jusqu'au jour J : *« Je me disais que c'était sûrement mieux et que j'allais essayer pour voir si ça marchait… »* Finalement, c'est sa propre mère, ayant allaité elle-même ses quatre filles, qui l'a encouragée à donner le sein.

**Marie-Raphaëlle**, elle, n'était pas trop tentée par l'expérience : *« J'étais un peu effrayée par le fait que ce n'est pas forcément facile à mettre en place, pas facile de savoir si le bébé mange bien. Et moi, en tant que femme, je n'étais pas spécialement attirée par ce lien-là. Moi, j'ai été nourrie au biberon. Tous mes frères et sœurs aussi, et ça n'a rien changé, ni en termes de santé, ni en termes de lien avec notre maman[3] ».*

3 *Ibid.*

De mieux en mieux formés à accompagner l'allaitement maternel, et ce malgré des disparités d'un établissement à l'autre, les professionnels de la naissance se gardent de tout prosélytisme : « Les femmes arrivent ici, qu'elles aient opté pour un choix ou pour un autre, c'est déjà chargé de messages familiaux, de messages de la société, d'un tas de choses, explique Rachel Yalcin, auxiliaire de puériculture en maternité[4]. Donc nous, on ne va pas en rajouter. Au contraire, le but est surtout de rassurer la maman dans ses compétences maternelles. »

## L'AFFAIRE DU « BIBERON DE COMPLÉMENT »

Celles qui aimeraient « essayer » d'allaiter ont la possibilité de faire ce que l'on appelle une « tétée d'accueil », dès la naissance. Elle permet au nouveau-né de profiter du précieux colostrum et, grâce au peau à peau, favorise un rapprochement maman-bébé propice à la mise en route de l'allaitement. Parfois, cette expérience précoce n'est pas possible, notamment quand le bébé doit recevoir des soins en urgence ou si la jeune accouchée ne le souhaite pas. La tétée d'accueil peut tout à fait rester exceptionnelle et, dans ce cas, l'enfant prendra ses premiers repas au biberon. Ah, les fameux biberons ! Proposés trop vite au bébé, ils ont la réputation d'empêcher la mise en place d'un allaitement « mixte », quand le nouveau-né montre une préférence pour le flux de la tétine, plus aisé que celui du mamelon. Au sein des équipes, les encouragements peuvent varier d'un professionnel à l'autre : « Il y avait une divergence entre ancienne et nouvelle école dans le service, raconte Fatima, maman d'Esma et Souleymane. Certaines me disaient : « Il faut le mettre au sein le plus souvent possible. » Pour d'autres, c'était : « S'il a faim, donnez-lui un biberon ! » La jeune femme

4 *Ibid.*

raconte avec humour qu'elle avait l'impression de « faire du catch » avec son fils qui n'arrivait pas à bien fermer la bouche pour prendre le sein et bougeait la tête dans tous les sens. Et sa déconvenue quand une sage-femme s'est mise à palper ses seins engorgés, sans ménagements, « comme on tâte des oranges chez le primeur ». Comme pour beaucoup de femmes, Fatima a eu des débuts d'allaitement difficiles, physiquement et émotionnellement : « Je me sentais très coupable. Je me disais : «Comment se fait-il qu'une chose aussi naturelle que de donner le sein à son bébé, moi, je n'y arrive pas ? Pourquoi ça se fait dans la douleur ? Pourquoi mon fils pleure et crie ?» Je ne m'étais pas imaginée, pendant ces 9 mois de grossesse, que ça allait être aussi contraignant, aussi douloureux, aussi angoissant. » Au bout de 3 semaines, la jeune maman a préféré donner le biberon « avec le sourire » à son fils. Un peu plus tard, lors de la naissance de sa fille, Fatima a pu réussir, cette fois, à passer le cap difficile du démarrage et à allaiter son bébé. Entre-temps, elle avait changé de maternité, où le personnel s'est révélé plus disponible. Elle a pu voir une consultante en lactation et bénéficié du soutien sans faille d'une sage-femme qui a su la conseiller, « y compris à 4 heures du matin[5] ».

## BABY BLUES ET MONTÉE DE LAIT

Manque de soutien à la maternité – où les équipes sont, il est vrai, souvent en sous-effectifs et trop débordées pour apporter toute l'attention nécessaire aux femmes en suites de couches –, absence de modèles auxquels se référer dans l'entourage, isolement... Dans ces conditions, l'allaitement maternel ne paraît plus si naturel que cela. Au retour à la maison, au bout de

5 *Ibid.*

2 ou 3 jours, beaucoup de mamans sont en proie à une grande fatigue et au baby blues au moment de la montée de lait. Elles ignorent qu'il faut souvent attendre entre 4 et 6 semaines pour que la lactation se mette bien en place. Et qu'avant d'atteindre cette vitesse de croisière où le lait coule de source, elles vont peut-être connaître les affres des engorgements, des crevasses, voire des abcès. « En France, les femmes qui viennent d'accoucher ne sont pas assez considérées, tempête Anna Roy, sage-femme. Elles rentrent à J3, font le ménage, personne ne les aide et elles ne sont pas accompagnées par des professionnels compétents et bienveillants. Du coup, elles arrêtent l'allaitement, parce qu'elles n'en peuvent plus »[6]. Pour un SOS, les femmes peuvent faire appel à une sage-femme libérale ou à une consultante en lactation diplômée IBCLC (*International Board Certified Lactation Consultant*). Cette certification, attribuée par un organisme indépendant et international, garantit notamment que la titulaire – sage-femme, puéricultrice, auxiliaire de puériculture ou médecin – a suivi une formation spécialisée et peut justifier d'au moins 1 000 heures de pratique clinique auprès de mamans qui allaitent. Il existe quelques centaines de consultantes en lactation en France qui ne sont pas représentées partout sur le territoire. Autre possibilité, se tourner vers une association d'entraide entre femmes (*Leche League*, Solidarilait, L'Allaitement Tout Un Art, l'Or Blanc, etc.). Un maillage efficace, même si tout laisse à penser qu'il est insuffisant. La durée médiane de l'allaitement maternel reste limitée à 15 semaines et, généralement, la reprise de l'activité professionnelle de la maman précipite le sevrage. Rappelons que le Code du travail autorise les plus motivées à prendre chaque jour deux fois une demi-heure de pause pour tirer leur lait ou pour donner le sein à leur enfant, si cela est possible. L'employeur n'est pas obligé de rémunérer cette heure consacrée à l'allaitement, sauf si cette disposition est prévue par une convention collective.

---

6 *In LMDM.*

## DES MATERNITÉS « AMIES DE BÉBÉS »

Lancé en 1991 par l'OMS et l'UNICEF, le label « Initiative hôpital ami des bébés » (IHAB) est décerné aux maternités et services de néonatologie qui s'engagent à apporter aux enfants « sécurité médicale, qualité des soins, bientraitance et bienveillance ». L'objectif étant de « rendre les parents confiants dans la mise au monde de leur bébé ». Au départ, cette opération visait explicitement à promouvoir l'allaitement maternel dans les établissements de soins. Au bout de quelques années, (considérant peut-être qu'il était souhaitable d'être aussi « ami » avec les bébés nourris au biberon ?), il a été spécifié que, « quel que soit son choix, chaque mère est soutenue dans son projet d'alimentation ». Les maternités labellisées s'engagent toutefois à ne pas distribuer d'échantillons gratuits de lait infantile et à renoncer à tout affichage publicitaire ou à des offres promotionnelles en faveur des préparations pour nourrissons. Ceci afin que « chaque mère puisse faire un choix éclairé sur l'alimentation sans influence des messages publicitaires ».

En France, la première maternité à réunir tous les critères nécessaires pour devenir « amie des bébés » a été celle de Lons-le-Saulnier en 2000. Fin 2021, 52 établissements, totalisant environ 10 % des naissances au niveau national, sont titulaires de ce label.

## Mais pourquoi mon bébé ne veut pas dormir ?

C'est souvent d'abord à ses yeux cernés que l'on reconnaît un jeune parent. À la maternité, voyant son nouveau-né dormir 16 ou 17 heures par jour, il se sera peut-être imaginé avoir tiré le gros lot : un bon petit dormeur ! Mais dès le retour à la maison, il comprendra qu'il s'est fourvoyé. À quelques exceptions près, au cours des premières semaines, le nourrisson alterne des périodes de sommeil, souvent très agité, avec des périodes d'éveil, rythmées par ses repas, toutes les 3 ou 4 heures. Pour lui, le jour ou la nuit, c'est pareil – et cela pour au moins 2 mois – et la faim n'attend pas. Difficile d'espérer voir son enfant faire « ses nuits », c'est-à-dire être physiologiquement capable de dormir plusieurs heures d'affilée, avant 4 ou 5 mois. Une fois passé ce cap, rien ne garantit pourtant que les parents puissent pour autant récupérer leur déficit de sommeil !

Normalement, les cycles du bébé s'organisent, grâce à sa maturation neurologique, selon des stades de sommeil paradoxal (sommeil des rêves) et de sommeil lent, léger ou profond. (Pour l'expliquer aux parents, les pédiatres utilisent souvent l'image d'un petit train qu'il vaut mieux ne pas laisser passer.) Mais tous les enfants ne se règlent pas comme du papier à musique et bien d'autres facteurs vont entrer en ligne de compte pour les faire dormir. Ou pas. Environnement, état de santé et de confort, interactions avec les parents, difficulté de séparation, anxiété... Petit ou gros dormeur, c'est un peu une loterie ! Toujours est-il que, passé ce cap des 4-5 mois, un parent sur deux fait état de difficultés d'endormissement (malgré des rituels du coucher aussi tendres qu'interminables) ou de réveils nocturnes. Ces nuits blanches peuvent se prolonger bien au-delà de la première ou de la deuxième année, entraînant les parents dans une spirale d'épuisement sans fond.

## SOS NUITS BLANCHES !

« C'est très culpabilisant les troubles du sommeil de l'enfant. On en parle à tout le monde et on perçoit une image très négative de soi, commente Pascale Ogrizek, médecin du sommeil. Avec le message : "Je ne suis pas une bonne mère, un bon père, on n'y arrivera jamais !", c'est le découragement total. Ça peut entraîner des situations très difficiles, des dépressions, des ruptures dans le couple[7]. »

À 5 mois, **Ryan** ne dort pas la nuit plus de 3 heures de suite. Son rituel est constitué d'un bain le soir suivi d'une petite histoire au calme. Dès que sa maman quitte la pièce, il ne tarde pas à pleurer et finit par se retrouver aux côtés de ses parents pendant qu'ils prennent leur dîner. S'ensuit une mise au sein dans le lit parental pour l'apaiser avant de le remettre dans son berceau jusqu'aux prochains pleurs. Soupir de sa maman, **Natacha** : *« On aimerait bien avoir au moins une soirée avec 1 heure et demie, 2 heures, pour regarder un petit film, se détendre… »* *« Ça ne se produit plus, ce genre de situation,* l'interrompt son conjoint, **Frédéric**. *Donc forcément, ça joue un peu sur les nerfs et on se retrouve avec des tensions. On peut être énervé pour un rien. »*

Même désarroi pour les parents d'**Anna** qui, à 2 ans, n'a fait que 10 ou 12 nuits complètes en tout et pour tout : *« On se dit qu'on a fait quelque chose de mal. On se dit que les gens pensent qu'on l'a mal élevée, que l'on n'a que ce qu'on mérite. C'est forcément de la faute des parents s'ils ne dorment pas »*, explique la maman.

---

7 *Ibid.*

*« J'ai eu un moment de dépression. Même pour notre couple, c'est dur. Avec la fatigue, on s'embrouille »,* ajoute le papa d'**Anna**[8].

Les causes de ces difficultés d'endormissement et de ces réveils restent souvent mystérieuses pour les parents, qui se plient en quatre pour favoriser le sommeil de leur enfant. Selon une étude réalisée par la Boîte Rose pour *La Maison des Maternelles* (auprès de 1 009 mamans de bébés âgés de 0 à 2 ans – 2018), les mamans évoquent un « besoin d'être rassuré » (51 %), des poussées dentaires (43 %), la faim (42 %), une maladie comme la toux ou le rhume (36 %), une couche mouillée (22 %) ou encore un reflux (10 %). Maman d'une petite fille de 6 mois, Magali évoque encore la « perte de la tétine » qui l'oblige à se lever jusqu'à 15 fois par nuit. En cas de réveil nocturne, 39,9 % des personnes interrogées disent se lever immédiatement, alors que 55,6 % attendent 5 minutes. Rarement plus. Aujourd'hui, on ne laisse plus les bébés pleurer. Enfin, 67,1 % des mères affirment se lever seules, 28,5 % à tour de rôle avec leur conjoint, tandis que, dans seulement 4,4 %, des cas, c'est plutôt le papa qui, seul, va aller voir l'enfant.

## PAS DE RECETTE MIRACLE

Les parents privés de sommeil ne savent souvent plus à quelle porte frapper. Ceux d'Anna ont consulté, en plus du pédiatre, un gastro-entérologue et un ostéopathe avant de dormir dans la même chambre que leur enfant.

---

8 *Ibid.*

*« On écoute tous les conseils. Ceux de nos familles, de nos proches, du pédiatre. On pioche. Mais la recette miracle, je crois qu'elle n'existe pas »*, raconte **Frédéric**[9]

Sur le réseau Morphée, un site internet proposé par des professionnels de santé, les SOS se multiplient sur le forum destiné aux parents : *« Ça devient très compliqué de tenir. Je souhaiterais si possible savoir comment m'en sortir »*,lit-on sous le pseudo ELO CA. *« Nous avons tout essayé, dormir à ses côtés dans sa chambre, le faire dormir dans notre chambre dans un lit-parapluie, dans la chambre de sa sœur, en mettant plus de lumière, en changeant le lit de place… en se fâchant, en le berçant et bien d'autres choses encore et rien n'y fait ! On désespère avec mon mari, car plus le temps passe, moins il dort la nuit »*, explique VIRGILE 24 en évoquant son fils de 20 mois.

« L'anxiété est mauvaise conseillère, note Sylvie Royant Parola, psychiatre et présidente du réseau Morphée. Bien souvent, on va avoir une difficulté à laisser [son enfant] tout seul et, du coup, on va avoir du mal à le lâcher le soir. Il faut que les parents s'apaisent. Se rassurer soi-même pour laisser la réassurance possible à son bébé » [10]. Ne plus se précipiter à son chevet à la moindre agitation, être attentif à ses besoins et à ses signes de fatigue, lui apprendre en douceur à s'endormir seul, lâcher prise…

---

9 *Ibid.*
10 *In* LMDM.

Les parents épuisés ont souvent bien conscience de la marche à suivre, en théorie, pour sortir de la spirale infernale, une fois que tout problème médical a été écarté. Il faut parfois aller chercher plus loin, lors des consultations sommeil assurées par le pédiatre ou le psy, pour comprendre ce qui coince. Évoquer la grossesse, l'accouchement, la fratrie ou même l'enfance des parents et passer inlassablement en revue les conditions dans lesquelles se passent les nuits à la maison (et les siestes !). « Très souvent, les difficultés de sommeil des enfants ne sont que la pointe visible de l'iceberg. Avant de trouver une solution, il faut en premier lieu comprendre la problématique dans son ensemble », estiment les psychologues Aurélie Callet et Clémence Prompsy en préambule de leur livre *Je ne dors pas*[11].

## TOUT ARRIVE...

Grâce à ses lectures et recherches sur internet, Amélie a fini par avoir une « prise de conscience » qui leur a sauvé la mise, à son mari et à elle : « Il fallait agir sur notre comportement à nous plutôt que d'essayer de trouver des solutions à appliquer à notre enfant. »[12]. Grâce à un accompagnement plus calme de leur enfant, et des petits rituels bien établis, le couple pense avoir réussi à mieux faire accepter la séparation à leur enfant. Si cette phase critique que connaissent tous les bébés, l'« angoisse de séparation », se situe autour de 8-9 mois, elle peut se prolonger quelque temps. Il faut également attendre au moins 12-18 mois pour que les rythmes du sommeil de l'enfant rejoignent ceux de l'adulte, ce qui peut faciliter l'accordage entre petits et grands. Après 18 mois-2 ans, peuvent survenir des épisodes de terreurs nocturnes, puis de cauchemars. La réponse ? Des paroles rassurantes, un gros câlin et encore un peude patience !

11 Éditions De Boeck, 2021.
12 *In* LMDM.

## LA TENTATION DU « CO-DODO »

Le « co-dodo » ou « co-sleeping » désigne le fait de faire dormir le bébé ou l'enfant dans le lit de ses parents. Ce mode de couchage ancestral reste très pratiqué ailleurs dans le monde, notamment au Japon, en Afrique ou au Maghreb. Dans nos contrées, sa pratique a fait un retour en force, notamment chez les mamans qui allaitent, même si elle est déconseillée par bon nombre de pédiatres. La configuration de nos lits occidentaux (avec matelas, oreillers, couette, etc.) augmente le risque de suffocation et de mort subite du nourrisson. L'enfant peut également faire une chute. Le co-dodo est, de plus, formellement proscrit, quand les parents ont consommé de l'alcool ou des somnifères. Selon une étude de la Boîte Rose pour la *Maison des Maternelles*, 43,2 % des mamans disent avoir déjà dormi avec leur bébé, même si 39,7 % se sentent stigmatisées si elles en parlent et 11,6 % préfèrent ne pas en parler. La tentation reste grande de partager, au moins occasionnellement, ce moment de douceur et de proximité, surtout après plusieurs réveils nocturnes... La parade peut être d'utiliser un berceau de co-dodo, qui se fixe sur le bord du lit parental, un peu comme un side-car.

Appelé parfois à tort également « co-dodo », le partage de la chambre parentale, chacun dans son lit ou son berceau, est au contraire vivement encouragé par le corps médical, au cours des premières semaines. La proximité des parents offre un cadre rassurant au nourrisson, mais aussi pour ses parents qui sont, de ce fait, moins angoissés par le risque de mort subite.

## Comment décoder ses pleurs ?

« Mais laisse-le donc pleurer ! Pourquoi tu te précipites au premier cri ? » Bien des parents essuient ce genre de critiques de la part de leurs propres parents ou de leur entourage. Les pleurs du nourrisson restent un sujet de crispation intergénérationnel, l'objet d'une éternelle querelle picrocholine sur les réseaux sociaux. On peut s'en étonner à l'heure où les neurosciences ont pu démontrer que les cris répétés du bébé entraînaient une sécrétion de cortisol, l'hormone du stress. Avec pour conséquence, au-delà d'un seuil toxique, des risques délétères pour son développement et son comportement pendant l'enfance. Aux États-Unis, une étude menée par l'université de Notre-Dame auprès de 600 adultes indique que tous ceux qui avaient été le plus portés et cajolés au cours des premiers mois de vie étaient en meilleure santé, moins dépressifs et plus doués d'empathie que ceux qui avaient été davantage livrés à eux-mêmes.

« On ne laisse jamais pleurer un bébé. S'il pleure, s'il crie, c'est qu'il y a une raison. À cet âge, il n'existe ni caprices, ni colères », affirme le Dr Arnault Pfersdorff. Ce point de vue fait (presque) consensus à ce jour, mais on revient de loin... En 1895, dans son ouvrage *The Care and Feeding of Children*, le pédiatre américain, Luther Emmet Holt préconisait de laisser l'enfant s'épuiser tout seul, à force de s'époumoner dans son berceau, une fois que toutes les causes physiques de ses cris avaient pu être écartées. Pendant des décennies, l'idée que le bébé puisse se faire la « voix » et se forger le caractère en hurlant tout son soûl était répandue, même si, instinctivement, bien des mères préféraient consoler leur enfant. Dans les années 1980-1990, la mode était plutôt d'appliquer la technique des « 5-10-15 » popularisée par le pédiatre américain, Richard Ferber. Elle consiste à attendre 5 minutes avant d'aller voir un bébé qui se met à pleurer et de le rassurer en lui parlant, sans pour autant le prendre dans ses bras, avant de repartir. S'il pleure toujours, il s'agit de renouveler l'opération au bout de 10 minutes, puis, si nécessaire, au bout de 15 minutes... La méthode, supposée donner des résultats dans un délai allant de 3 jours à 1 semaine, est encore parfois testée, comme d'autres, par les parents, désemparés face aux cris stridents et incompréhensibles de leur enfant.

## SON SEUL MODE D'EXPRESSION

« N'oublions pas qu'un bébé, ça pleure ! Facilement 2 heures par jour au cours de ses 2 premières semaines. C'est son seul moyen de communication. Dans l'immense majorité des cas, ce n'est pas pour quelque chose de grave. Avec le temps, les parents vont apprendre à décrypter les cris de leur enfant et à mieux y répondre », précise le Dr Arnault Pfersdorff[13]. A-t-il faim ? A-t-il sommeil ? Sa couche est-elle souillée ? A-t-il mal quelque part ? Un rot qui ne passe pas ? A-t-il besoin de réconfort ? Son pyjama est-il trop serré ? Veut-il changer de position ? L'observation attentive et l'habitude permettent de passer assez vite en revue les points d'une interminable check-list. Les mouvements et les mimiques du bébé apportent de précieux indices (par exemple, quand il tourne la tête et met son poing dans sa bouche pour indiquer qu'il a faim ou quand il bâille de fatigue en pleurant). Tout comme, parfois, la nature des sons émis pendant les pleurs (voir encadré, p. 82).

La plupart du temps, le calme revient dans les bras des parents, même si, pour de mystérieuses raisons, certains enfants ont besoin d'être portés plus longtemps que d'autres pour s'apaiser... et se remettent à hurler à la première tentative de les reposer dans leur lit ou leur cosy.

13 *In* LMDM.

*« À la maison, j'avais mon fils en porte-bébé tout le temps. À un moment, il commençait à être lourd. Quand je prenais ma douche, je l'installais juste à côté de moi dans son transat, mais il se mettait à pleurer »*, raconte **Audrey**, qui a eu beaucoup de mal à confier son bébé avant 1 an à cause de ses pleurs incessants qui suscitaient beaucoup d'incompréhension. *« Quand je sortais avec Tom, je sentais peu de regards compatissants autour de moi quand il pleurait,* poursuit la jeune femme. *Un jour une dame m'a toisée, de haut en bas, et m'a lancé d'un air méchant : "Il aurait besoin de faire la sieste, cet enfant !" J'ai fondu en larmes. »*

Même désarroi chez **Célia** dont le bébé dormait très peu et hurlait « non-stop » de jour comme de nuit.
*« À la PMI, on m'a dit que c'était normal, puisqu'il était en bonne santé et prenait du poids. »*
Seule la mise au sein parvenait à calmer son fils, ce qui devenait à la longue bien fastidieux pour sa maman, transformée en doudou vivant. Elle s'est vue conseiller de donner plutôt à son enfant son petit doigt ou une tétine pour satisfaire son besoin de succion, mais son bébé a toujours refusé ces ersatz de mamelon maternel.

Maman de **Jade**, 2 mois et demi, **Amélie** fait le même constat : *« Aucun autre moyen de la calmer que de la mettre au sein. Dès qu'elle me lâche, elle recommence à pleurer, c'est une boucle infernale. »* Épuisée, cette maman solo, qui élève aussi une enfant de 5 ans, envisage, à contrecœur, de sevrer sa fille pour sortir de l'impasse[14].

---

14 *Ibid.*

## UN BÉBÉ « BUVARD »

Le relais d'un tiers, le papa ou quelqu'un d'autre, s'avère souvent salutaire quand les pleurs finissent par générer de l'anxiété chez la maman, anxiété forcément communicative.

> *« Théo est un vrai buvard. Entre sa mère et moi, le soir, c'est toujours le moins tendu et le moins fatigué de nous deux qui va le chercher pour le réconforter quand il se met à hurler »,* raconte **Émile**, jeune papa d'un bébé de 3 mois. Comme pratiquement tous les parents, le couple a été confronté, en fin de journée à ce qu'on a longtemps appelé les « coliques du nourrisson » : « Autrefois, on pensait que ces pleurs du soir étaient forcément liés à des problèmes digestifs. En réalité, il s'agit plutôt de pleurs de "décharge". Avec tous ces sentiments, ces émotions, ces expériences, ces stress de la journée qu'il faut évacuer. Ces pleurs-là sont quasi-systématiques chez les petits avant 3 mois avec un paroxysme à 6 semaines », indique Kristell Guevel, médecin en PMI.[15]

À partir de quand va-t-on considérer que l'on est en présence de « pleurs excessifs » justifiant une consultation ? Les pédiatres utilisent parfois un moyen mnémotechnique, celui des « 3 fois 3 » : si le bébé pleure plus de 3 heures par jour, au moins 3 jours par semaine, et ce depuis 3 semaines... « On ne va pas demander aux parents de faire un tableau Excel pour noter les pleurs de leur bébé, ni même d'attendre 3 semaines s'ils sont inquiets, estime pour sa part Kristell Guevel. En fait, les pleurs excessifs, ce sont ceux qui rendent le parent démuni et qui vont l'amener à demander un avis[16] ».

---

15 *Ibid.*
16 *Ibid.*

La consultation chez le pédiatre permet d'écarter toute hypothèse de trouble physiologique : reflux, torticolis, otite, etc. Des séances d'ostéopathie peuvent soulager efficacement des tensions apparues lors de l'accouchement ou de la grossesse, à l'origine d'inconforts, de troubles digestifs ou du sommeil, et donc de pleurs inconsolables. L'occasion aussi pour les parents d'apprendre à le porter ou à l'installer dans des positions « magiques » qui permettront de l'apaiser en cas d'inconfort passager.

## BÉBÉ SECOUÉ : ATTENTION DANGER !

Quand on est épuisé, à bout de nerfs, les cris d'un bébé que l'on n'arrive pas à apaiser peuvent vite devenir insupportables. Ce qu'il faut éviter à tout prix : attraper l'enfant sous les aisselles et le secouer d'avant en arrière en espérant le faire taire. Ce geste peut entraîner des lésions irréversibles sur son cerveau et provoquer de lourds handicaps ou la mort. La prévention du syndrome du bébé secoué : confier l'enfant au co-parent ou à un tiers. Ou si l'on est seul (e), reposer le bébé dans son lit et quitter la pièce jusqu'à ce que l'on puisse retrouver son calme ou appeler quelqu'un à la rescousse.

### PLEURS DU BÉBÉ : UN TRADUCTEUR AUTOMATIQUE ?

Jeune maman australienne, Priscilla Dunstan[17] voulait comprendre ce que son bébé voulait lui dire quand il pleurait. Musicienne, dotée de l'oreille absolue, elle se mit à noter le son correspondant à chaque épisode de cris, les postures et gestes qui les accompagnaient, ainsi que la façon dont elle parvenait à les apaiser. Elle établit ainsi une liste de 5 sons « universels », émis par les bébés du monde entier pour exprimer chacun de leurs besoins. Pendant les premières semaines, on peut, par exemple, distinguer : « Nèh » (la faim), « Owh » (la fatigue), « Eh » (un rot, une colique), « Eairh » (un gaz) ou encore « Hèh » (inconfort). Si la théorie de Priscilla Dunstan ne fait pas l'unanimité dans la communauté scientifique, elle séduit de nombreux parents et professionnels qui, à travers le monde, suivent ses ateliers et formations.

## Avant 3 ans, zéro écran ?

« Une règle d'or : pas d'écrans avant 3 ans ! » Étayée par de multiples études démontrant leur caractère nuisible au développement de l'enfant et leur impact sur l'obésité, la recommandation du CSA (Conseil supérieur de l'audiovisuel) est sans appel. Est-elle pour autant réaliste ? Impossible, d'une part, de faire comme si le numérique n'avait pas colonisé notre quotidien, à moins de vivre en autarcie dans une campagne reculée. Difficile, d'autre part, pour l'écrasante majorité des parents de ne jamais proposer, ou voir proposer, à leur tout-petit un dessin animé ou un jeu interactif. D'abord parce que cette transgression permet aux plus grands de souffler, le temps de prendre une douche ou de préparer un repas, et aussi parce que les écrans attirent les enfants comme des aimants.

---

17 *Il pleure, que dit-il ? Décoder enfin le langage caché des bébés*, J.-C. Lattès, 2016.

*« La première fois qu'il a piqué mon smartphone, il avait 10 mois. À un moment, je l'ai vu glisser son doigt sur l'écran : il faisait comme nous ! »* **Emilia**, la maman de **Thomas**, 15 mois, le laisse parfois regarder Peppa Pig sur la tablette avec son grand frère ou la télévision le matin, pendant 10 minutes, le temps que son papa prenne son petit déjeuner[18].

*Un poco ma non troppo !* La plupart des parents adoptent un compromis entre le « zéro écran » et un usage modéré, même si la mauvaise réputation des écrans, quand ils sont consommés au 1er âge, suscite de plus en plus d'inquiétudes. Les parents d'**Aron**, 7 mois, ont pour l'instant réussi à orienter leur bébé de façon qu'il ne puisse pas être happé par la télévision.

*« On lui propose des petits jeux, on lui chante des chansons. Si jamais on n'arrive pas à capter son attention, je le prends dans mes bras et je change de pièce »*, raconte sa maman qui refuse l'idée de télé-nounou, tout en reconnaissant que, dans son entourage, elle *« passe pour une illuminée[19] ».*

---

18 *In* LMDM.
19 *Ibid.*

## DU TEMPS VOLÉ SUR LA DÉCOUVERTE DU MONDE

Une étude de l'INSERM précise que, chaque jour, les deux tiers des enfants de 2 ans regardent la télé et que 1 enfant sur 3 commence avant 18 mois. Pour le Dr Anne-Lise Ducanda, médecin en PMI, on peut envisager un temps d'écran limité à 15-30 minutes pour les plus jeunes, toujours accompagnés d'un adulte : « Sinon c'est du temps volé pour le petit sur ce qu'il doit faire entre 0 et 3 ans, c'est-à-dire découvrir le monde réel, avec ses cinq sens, en étant acteur[20]. » À cet âge, pour grandir, l'enfant a besoin de s'appuyer sur des interactions avec ses parents, qui le regardent dans les yeux, répondent à ses sollicitations et lui racontent des histoires. Acquérir ces repères spatio-temporels devient impossible face à un écran passif, comme la télévision, tandis que les échanges restent limités face un jeu interactif sur tablette ou téléphone. Du moins en l'absence d'une participation de l'adulte à la découverte. Méfions-nous également de la télévision allumée en arrière-plan dans la pièce qui, à coups de stimuli sonores et visuels, va forcément détourner l'attention de l'enfant de ses jeux ou de l'échange qu'il est en train d'avoir avec ses proches. Avant 1 an, la consommation moyenne d'écrans tourne autour de 1 heure et monte à quasiment 3 heures par jour entre 2 et 5 ans, selon Michel Desmurget, chercheur en neurosciences et auteur de *La fabrique du crétin digital*[21] : « Ce bombardement sensoriel fait souffrir le cerveau. La surexposition aux écrans multiplie le risque de retard de langage, d'hyperactivité et d'agressivité[22]. » Les conséquences à court terme pour les bébés qui se retrouvent livrés à eux-mêmes devant la télé ou avec une tablette en libre-service sont des plus préoccupantes : « Je vois de plus en plus d'enfants qui ont des retards de développement qui

20 *Ibid.*
21 Éditions Points, 2020.
22 *In* LMDM.

touchent toutes les compétences : la motricité, les capacités cognitives, le langage, la socialisation, et cela peut aller, dans les cas les plus graves, jusqu'à des troubles qui ressemblent à des troubles autistiques mais qui n'en sont pas, puisque, 1 mois après l'arrêt des écrans, l'enfant a un développement qui redémarre complètement normalement », explique le Dr Anne-Lise Ducanda[23].

## UN FAUX EFFET « CALMANT »

En 2019, les Académies des sciences, de médecine et des technologies ont conjointement publié un appel à « une vigilance raisonnée sur les technologies numériques ». Celui-ci met en garde les parents contre un usage des écrans « à visée calmante » pour les jeunes enfants. Ce dernier est un leurre, car toute phase de fascination devant un programme ou un jeu vidéo est suivie par une période d'agitation, voire d'agressivité, quand il s'agit de mettre un terme à l'activité. Sans parler de la lumière bleue des écrans à LED qui va, le soir, contrarier l'endormissement (et abîmer les yeux...). La télévision n'est plus seule sur la sellette, puisqu'il s'agit surtout de ne plus mettre à la disposition des enfants des supports dont ils peuvent contrôler l'usage (tablettes, portables). « La participation parentale à l'interactivité est indispensable », précise le texte de l'appel.

Inutile de noircir plus avant le tableau, au risque de diaboliser le numérique comme a pu l'être la télévision dans les années 1950. Pas d'écrans avant 3 ans, donc... sauf pour une durée limitée dans le temps et toujours (le plus possible ?) en présence d'un adulte. À ceci, le collectif COSE sur la surexposition aux écrans, animé par des professionnels de santé, propose d'ajouter la « méthode

23 *Ibid.*

des 4 pas » pour affiner le bon usage du numérique : pas d'écrans le matin ; pas d'écrans durant les repas ; pas d'écrans avant de s'endormir ; pas d'écrans dans la chambre de l'enfant. Reste à se trouver un temps – si possible l'après-midi ! – pour regarder un programme jeunesse avec son tout-petit et faire l'expérience de ce que le psychologue, ami du numérique, Michaël Stora appelle « l'attention conjointe » : « Quand le parent et l'enfant partagent un point de vue et se regardent pour vérifier qu'ils ont vécu la même émotion. On est dans une interaction humaine autour d'une image, d'un écran[24]. » Pas d'utilisation « raisonnée » des écrans enfin sans que les adultes ne s'interrogent aussi sur leur propre relation aux objets numériques. Car n'oublions pas que c'est très souvent l'utilisation compulsive de leurs smartphones (faites ce que je dis, mais pas ce que je fais !) qui empêche la communication avec leurs petits.

## « Terrible two » : vous avez dit ferme et bienveillant ?

« Non ! » C'est l'un des tout premiers mots prononcés par les enfants. Un mot dont ils découvrent le pouvoir, entre 18 mois et 2 ans, faisant basculer leurs parents dans le plus grand désarroi. La fameuse phase d'opposition, on a beau savoir qu'elle arrivera un jour, elle nous prend toujours au dépourvu.

---

24 *Ibid.*

*« Avant ça, c'était un enfant très calme, très gentil, qui obéissait bien »*, raconte **Lise**, la maman de **Paul** qui, depuis qu'il a 2 ans, pique des colères pour un oui et surtout pour un non : *« Dès le réveil, parce que le volet est trop ouvert, ou alors au goûter, parce que je ne lui ai pas apporté ce qu'il voulait, ou alors au supermarché, parce que je ne l'ai pas laissé valider le code de la carte bleue… »* **Lise** note toutefois que deux événements ont probablement influencé le comportement de son fils : l'arrivée de sa petite sœur et son entrée à l'école[25].

*« La première fois qu'elle a fait une crise, j'ai été surprise.* J'ai dit : *"Mince, qu'est-ce qui lui arrive ?" Quand ça s'est reproduit régulièrement, je me suis dit que j'avais loupé ou mal fait quelque chose »*, se souvient **Noémie**, maman de **Lya**, 2 ans et demi[26].

*« Lucy a commencé à 15 mois,* note pour sa part **Peggy**. *Depuis, on subit ses colères. Tout est sujet à dire "non". Elle se jette par terre. Elle tape sa sœur[27]. »*

## S'OPPOSER, C'EST NORMAL !

Faire face à ces crises d'opposition initie les parents aux casse-tête éducatifs qui vont jalonner leur route au cours des années à venir. Le fait de savoir qu'il s'agit d'un passage obligé dans le développement de l'enfant peut les aider un tout petit peu. Simplement en comprenant qu'ils ne sont pas seuls au monde à faire face au bien nommé « terrible two ». « Deux ans, c'est

25 *Ibid.*
26 *Ibid.*
27 *Ibid.*

l'âge où ils vont s'individuer, comprendre qu'ils peuvent avoir leurs propres opinions, leurs propres façons de faire, qu'ils sont différents de leurs parents », explique Nathalie Franc, pédopsychiatre[28]. Dire « non » leur permet ainsi de s'affirmer et de revendiquer leur identité toute neuve. En principe, cette phase disparaît ou s'atténue vers 3 ans après l'entrée à l'école, même si certains enfants manifestent un tempérament plus opposant que d'autres et pendant plus longtemps.

Le décodage de ces comportements, tout comme la façon de réagir face à ceux-ci, fait polémique dans le débat éducatif actuel. Et ce bien au-delà du simple clivage parents laxistes / parents autoritaires. Pour la porte-parole de l'éducation positive, Isabelle Filliozat, la phase d'opposition et d'affirmation de soi en tant que telle est plutôt de courte durée, limitée à 3 semaines. Et c'est souvent « parce que les parents s'arc-boutent et croient qu'il faut garder le pouvoir » que cette période du « terrible two » a tendance à se prolonger. La plupart du temps, selon la psychologue, ce que les parents prennent pour des colères sont en fait des « trop-pleins » émotionnels, auxquels les petits ne peuvent faire face du fait de leur immaturité cérébrale (en particulier de leur cortex préfrontal) : « C'est biologique ! À partir de l'instant où le cerveau de l'enfant est sous stress, son amygdale déclenche le circuit du stress. Ça veut dire qu'il a de l'adrénaline et du cortisol dans son corps. Il est tout énervé à l'intérieur. Du coup, il va être souvent figé, ou alors il va fuir ou il va agresser. Attaquer étant ce qu'il va faire le plus quand il est avec sa maman, sa figure principale d'attachement[29]. » Dans la logique de la parentalité positive, il s'agit alors pour le parent de faire baisser la pression, en « accueillant » les émotions de l'enfant et en l'aidant à les exprimer. D'aller plutôt vers les

28 *Ibid.*
29 *Ibid.*

consignes plutôt que vers les ordres, vers les ressources que vers les limites, vers le « comment faire ? » plutôt que vers le « tu ne dois pas ». Jusqu'à remplacer le « non ! » par le « stop ! », un avertissement moins teinté de reproches. Et si les hurlements empêchent tout dialogue, si on est à court d'argument pour lui expliquer qu'il ne peut pas monter sur la chaise ou avoir ce gros paquet de bonbons ? « Le câlin va être l'outil magique, assure Isabelle Filliozat, qui va permettre de diminuer le stress autant pour le parent que pour l'enfant[30]. » Avec à la clé, si possible, une sécrétion d'ocytocine, l'hormone de l'attachement, capable de réguler le stress.

## ÉDUQUER AVEC DE « PETITS OUTILS »

Ce qui a plu à **Thomas** dans l'éducation positive, ce sont « toutes ces petites astuces » qu'il a pu appliquer au quotidien. Par exemple, quand son fils de 2 ans refusait de mettre ses chaussures le matin avant de partir à la crèche, il lui proposait de choisir entre mettre ses chaussures avant le manteau ou l'inverse ; ou d'intégrer le geste dans une petite routine ; ou encore de faire diversion en faisant mine de lui interdire de se chausser pour que le petit garçon veuille faire le contraire. ***« Ce n'est pas de la magie, mais des petits outils qui permettent de dépasser les moments de tension, de voir son enfant autrement, d'aborder autrement des notions comme l'autorité »***, explique le jeune papa[31].

30 *Ibid.*
31 *Ibid.*

De son côté, **Angélique** propose à sa fille, quand elle pique une crise homérique, d'aller s'asseoir sur une « chaise de colère » : ***« Là, elle peut dire ce qu'elle veut, si elle n'est pas bien. Ce n'est pas une punition, c'est vraiment pour expliquer, pour exprimer ce qu'elle ressent[32]. »***

**Agatha**, elle aussi, a lu plusieurs ouvrages sur l'éducation positive et participé à des forums sur ce thème sur Internet. Elle aussi a essayé d'appliquer ces « outils », notamment la discussion calme à hauteur d'enfant et les câlins d'apaisement, avec son fils de 3 ans. ***« Je voulais y croire, mais ça n'a jamais marché ! Depuis quelque temps, je suis plus ferme et j'ai l'impression qu'il comprend mieux ce que j'attends de lui. Je ne crie jamais et ne lève pas la main sur lui, mais il m'arrive de le mettre au coin ou de l'envoyer se calmer dans sa chambre[33]. »***

« Il faut trouver ce qui fonctionne pour chaque enfant », estime Nathalie Franc. « On ne peut pas suivre des méthodes et des recommandations qui seraient applicables à tous, confirme Guillaume Bronsard, pédopsychiatre. Le minimum, c'est que la méthode que vous voulez suivre vous ressemble un peu[34]. » Depuis une vingtaine d'années, les ouvrages réhabilitant le cadre, les limites et l'autorité — sans pour autant prôner le retour à l'autoritarisme d'avant 1968 — trouvent tout autant leur public que les traités d'éducation positive. Pour le plus ardent des contradicteurs, Didier Pleux, auteur de *De l'enfant roi à l'enfant*

---

32 *Ibid.*
33 *Ibid.*
34 *Ibid.*

*tyran*[35], le « terrible two », « c'est une phase où l'enfant se heurte au principe de réalité, il veut rester dans son bon plaisir. Il faut que le parent tienne bon. Tu dis non ? On respecte ça, mais pour nous, c'est un super non ! » Le psychologue s'élève contre « toutes les techniques qui ne veulent pas entendre parler de frustration. Quand on élève un enfant, on doit être à la verticale. Vertical, ça veut dire de l'autorité : je transmets, j'apprends, j'enseigne, je contrains et je suis déplaisant et frustrant par moments[36] ».

Alors, entre autorité et bienveillance, faut-il choisir son camp ? La problématique n'est certainement pas si manichéenne. Un courant, né dans le sillon de l'éducation positive, il y a 40 ans aux États-Unis, a choisi l'appellation « discipline positive » afin de concilier respect de l'enfant et respect du cadre éducatif. De son côté, Catherine Gueguen, célèbre pédiatre et spécialiste des neurosciences, tient à préciser : « L'éducation positive n'est pas du tout du laxisme. Le parent doit rester un vrai parent, un adulte qui transmet des valeurs, qui montre l'exemple, qui pose un cadre, qui sait dire non. Dès que l'enfant a un comportement inadéquat, il faut absolument lui dire non, mais sans crier, sans humilier et sans taper l'enfant[37]. »

---

35 Éditions Odile Jacob, 2020.
36 *In* LMDM.
37 *Ibid.*

## DES TONNES DE PATIENCE

Alors « non » ou « stop » ? Le coin ou pas le coin ? La négo ou pas la négo ? Au-delà des micro-querelles qui agitent les réseaux sociaux, il semblerait que les tenants de l'éducation positive et de la mouvance disons « néo-traditionnelle » s'accordent sur l'essentiel : une parentalité qui s'exerce dans le respect de l'enfant, avec amour et empathie. Un véritable consensus s'est instauré ces dernières années pour condamner toute forme de VEO (Violences éducatives ordinaires), les coups, les mots qui blessent, les punitions qui humilient... À chaque parent de dessiner les contours des limites qu'il veut poser à son enfant, pour qu'il se sente épanoui et en sécurité. « Surtout chers parents, ne vous culpabilisez pas. Ne vous mettez pas de pression. Si vous faites des erreurs, ce n'est pas grave, il faut juste le reconnaître, conseille Catherine Gueguen, qui préconise « des tonnes et des tonnes de patience » et l'acceptation de se faire aider par la famille, les voisins... « Un enfant petit, ça ne s'élève pas seul ! »[38]

---

38 *Ibid.*

## DES LIMITES ET DU SENS

En 1972, le best-seller du pédiatre américain Fitzhugh Dodson, *How to parent*, était traduit en français sous le titre terriblement culpabilisant de *Tout se joue avant 6 ans*[39]. Le contenu de l'ouvrage adoptant pourtant une tonalité toute autre, jouant la nuance et la proximité avec le lecteur. Ainsi, à propos de l'autorité, on peut lire : « Beaucoup de parents pensent qu'il y a quelque part une liste magique des limites que tous les parents devraient imposer à leurs enfants. Cette liste ne peut exister, car chaque type de parent possède des qualités personnelles et un style de vie différents. Certains parents sont relativement détendus et considèrent quelques limites seulement comme essentielles. D'autres seront beaucoup plus stricts et feront respecter beaucoup plus d'interdits. [...] À mon avis, les limites que vous imposez aux actions de votre enfant n'ont pas grande importance, pourvu que ces limites soient sensées et logiques et qu'elles vous paraissent justifiées ainsi qu'à vos enfants. »

39 Éditions Marabout, 2019.

# TENDANCES À SUIVRE... *ou à laisser*

Laisser son bébé se saisir des aliments à pleines mains, vivre sans couches dès la naissance ou communiquer avec lui par signes avant qu'il ne sache parler... C'est le choix que font aujourd'hui certains parents tentés par des pratiques à la mode ou remises au goût du jour. Comme l'allaitement à la demande ou le cododo (voir p. 76), la DME (Diversification Menée par l'Enfant), le portage en écharpe, la Langue des signes pour bébé (LSB), la motricité libre ou l'Hygiène Naturelle Infantile (HNI) surfent sur la vague du « maternage proximal ». Il s'agit, pour le parent, d'être complètement à l'écoute des « besoins naturels » du bébé. Ce qui suppose une attention et une proximité de tous les instants. Les échanges avec l'enfant sont privilégiés. Ces méthodes venues d'ailleurs, souvent des États-Unis, s'inspirent de traditions ancestrales ou de recherches menées au siècle dernier par des spécialistes de l'enfance comme la pédiatre Emmi Pikler (1902-1984) ou la pédagogue Maria Montessori (1870-1952). Leur promotion s'effectue surtout par le biais d'ateliers spécialisés ou des réseaux sociaux.

Pour le Dr Arnault Pfersdorff, ces pratiques, sans être pour autant indispensables, peuvent se révéler intéressantes : « Pourquoi ne pas essayer la DME ou la motricité libre si cela nous tente et si nous sommes suffisamment disponibles pour le faire ? Je conseille aux mamans qui sont tentées de se lancer, mais toujours de façon souple, avec des pauses si nécessaire. Mieux vaut éviter de vouloir appliquer toutes ces méthodes de front et à la lettre ! ». Les avis restent très partagés quant à ces courants de puériculture moderne, considérés comme formidables par les uns et complètement « perchés » par les autres. Démonstration avec ces échanges fictifs inspirés de conversations réelles entre parents, entre parents et grands-parents ou entre parents et non parents...

Et donc elle mange toute seule ???
Bah non, elle mange avec nous ! Et regarde comme elle nous imite !!!
MIAM!
POUIK

# LA DIVERSIFICATION MENÉE PAR L'ENFANT (DME) : *moi tout seul !*

*Dialogue (imaginaire) entre Nathalie, 59 ans et Alexia, 30 ans, elle-même maman de Zélie, 8 mois et actuellement en congé parental. La mère et la fille, qui habitent loin l'une de l'autre, se sont très peu vues depuis la naissance du bébé. Notamment à cause des périodes de confinement. C'est l'heure du déjeuner, Zélie est dans sa chaise haute et sa grand-mère, attablée face à elle, va aller de surprise en surprise…*

**Alexia :** Donc pas de petits pots pour Zélie ce midi. Tu sais, depuis qu'elle se tient bien assise, j'ai commencé la DME, la Diversification Menée par l'Enfant. Tu en as entendu parler ?

**Nathalie :** Vaguement... Ça consiste à la laisser manger toute seule, c'est ça ?

**Alexia :** Oui, l'idée, c'est de lui proposer différents aliments crus ou cuits qu'elle va elle-même piocher avec ses mains pour les porter à sa bouche. Elle mastique avec ses gencives avant d'avaler... ou de recracher si ça ne lui plaît pas. Là, je vais lui mettre un peu de cabillaud, un peu de riz et des morceaux de courgettes. Elle peut manger comme ça tout un tas de choses : des fruits, de la viande, des biscuits, du fromage, etc.

**Nathalie :** C'est pas dangereux de lui donner des morceaux à son âge ?

**Alexia :** Non, son pédiatre m'a donné le feu vert ! Je fais juste attention à ce que les morceaux ne soient pas trop petits, environ de la taille de mon doigt d'adulte. Ils ne sont ni trop durs, ni trop mous, ni trop friables, et elle peut les grignoter sans danger. Tu verras, elle a parfois un « réflexe vomitif » qui la pousse à ramener la nourriture vers l'avant avant de l'avaler. C'est un peu impressionnant, mais ce n'est pas du tout parce qu'elle s'étouffe. De toute façon, je ne la quitte pas des yeux pendant tout le repas ! Le Dr Bonnenfant a conseillé un environnement calme, sans télévision allumée et sans portable allumé à proximité. Le principe de la DME, c'est : « Je te fais confiance, donc tu prends confiance. »

**Nathalie :** Tu ne l'aides pas un petit peu à manger ?

**Alexia :** Non, c'est vraiment elle qui doit choisir quel aliment elle va mettre à la bouche. C'est le principe. Bon, évidemment, elle prend son temps ! Ça peut durer 30 ou 40 minutes. On va finir de déjeuner avant elle.

**Nathalie :** Sérieux ? Je n'aurais jamais eu le temps et la patience de faire ta « DME » quand vous étiez bébés… C'est quoi les avantages au juste ?

**Alexia :** Eh bien, on gagne du temps justement pour la préparation du repas ! Pas besoin de lui mixer des purées et des compotes. Et puis Zélie découvre différentes saveurs et différentes textures à son rythme et avec ses 5 sens. Elle aura moins de risques de faire des blocages alimentaires plus tard. Tu vois comme elle trie, patouille, regarde et sens tout ce que je lui ai mis dans son assiette ? À cet âge, elle adore voir ces formes et ces couleurs différentes devant elle. Ça stimule ses choix.

**Nathalie :** […]

**Alexia :** Et puis la DME, ça développe sa motricité fine, sa coordination œil-main-bouche. En mastiquant, elle stimule bien ses gencives et son palais, qui va grandir en largeur et en profondeur. Qu'est-ce que je pourrai te dire encore ? Ah oui ! Elle se sent valorisée par ce repas pris comme une grande et avec les grands. Tu vois, elle est toute fière !

**Nathalie :** Mais c'est hyper salissant quand même ! Elle en met les 3 quarts à côté de l'assiette ! Heureusement que tu as mis une toile cirée sous la chaise haute.

**Alexia :** Eh oui ! C'est sûr, c'est un peu le carnage ! Il faut toujours avoir un grand bavoir, une éponge et des essuie-tout à portée de main. Mais bon, c'est pas grave. Je trouve ça génial de la voir faire ces découvertes et elle a tellement l'air d'apprécier !

**Nathalie :** Tu es sûre qu'elle aura assez mangé à la fin ?

**Alexia :** Elle se rattrapera sur ses biberons de lait, qui reste l'aliment essentiel à son âge, s'il le faut. Alors, tu valides la DME ?

**Nathalie :** Pourquoi pas ? Si c'est le Dr Bonnenfant qui le conseille ! Je lui fais confiance. Un peu galère quand même, je trouve... On en reparle dans 1 mois ou deux ? Alerte ! Un morceau de banane écrasée vient d'atterrir hors du périmètre de sécurité. Passe-moi l'éponge !

Ça a l'air un peu galère ton truc !!
Pas du tout !

# LE PORTAGE EN ÉCHARPE : cap ou pas cap ?

*Il fait beau. Nathalie et Alexia décident d'emmener Zélie en balade dans le parc d'à côté...*

**Nathalie :** Poussette ou porte-bébé ?

**Alexia :** Ni l'un ni l'autre mon capitaine. Je vais la porter en écharpe !

**Nathalie :** Dans mon souvenir, la dernière fois que tu as essayé, tu t'es emberlificotée dans ton tissu... On n'a jamais réussi à faire les nœuds. Même en regardant des tutos !

**Alexia :** Hé, hé... J'ai fait des progrès depuis ta dernière visite. J'ai participé à un atelier avec une monitrice certifiée. J'ai commencé à utiliser le « sling », la petite écharpe plus courte qui s'attache grâce à des anneaux.

C'est plus facile. Et maintenant je suis devenue la madone de l'« enveloppé croisé ». Même avec une écharpe de 5 mètres.

*Alexia commence à glisser et à nouer les pans de son écharpe avant d'y installer doucement et habilement son bébé qui somnole.*

**Nathalie :** Tu la portes souvent comme ça ?

**Alexia :** Très souvent. Quand je veux avoir les mains libres, en promenade, pour l'allaiter, parfois ou quand j'ai du mal à calmer ses pleurs. C'est fou comme elle se sent tout de suite apaisée et en sécurité tout contre moi et dans une position bien physiologique. Regarde : dos arrondi, jambes repliées et mains près de la bouche... Elle va s'endormir.

**Nathalie :** Et son père, il la porte aussi en écharpe ?

**Alexia :** Franchement, il a essayé 2 ou 3 fois, mais ça le soûle. Il trouve le porte-bébé plus pratique. Chacun son truc.

**Nathalie :** J'essaierai bien moi. Même si j'aurais quand même peur de la laisser tomber. Il y a d'autres façons de la nouer, cette écharpe ?

**Alexia :** Plein ! En gros, il y aurait une quinzaine de nouages de base, en ventral ou en dorsal, avec à chaque fois des variantes. La monitrice m'a bien montré aussi une position en hamac qui est top pour allaiter. Si tu veux, je te ferai essayer le « sling », pour commencer.

**Nathalie** *(le nez sur son téléphone portable)* : Oh mais dis donc, c'est chaud les commentaires qui s'affichent sous les tutos ! La jeune maman qui a posté celui-ci se fait démolir par d'autres femmes parce qu'elle n'a soi-disant pas fait le nœud au bon endroit… Pareil sur celui-ci ! Même les monitrices ne semblent pas d'accord entre elles ! Pourquoi tant de haine ?

**Alexia :** Je ne sais pas, mais je te confirme qu'on s'écharpe beaucoup sur l'écharpe sur les réseaux. Comme si le portage était un art, une pratique réservée aux initiés. Un peu comme sur les discussions sur l'allaitement. Beaucoup de papesses autoproclamées du portage « physio » ne supportent aucune contradiction… Moi-même, il m'arrive d'avoir des remarques sur ma façon de faire quand je vais au parc. Plutôt bienveillantes, mais qui me tapent parfois sur les nerfs !

**Nathalie :** Laisse parler… Moi ta mère, je te dis que tu portes Zélie comme une reine !

On peut jamais être sûr à 100% !!!
Et comment tu peux être sûr que ton fils ne va pas faire potpot là tout de suite maintenant ???!!!?

# L'HYGIÈNE NATURELLE INFANTILE (HNI) : *ma vie sans couches !*

*Dialogue (imaginaire) entre Juan, 32 ans, papa de Cosmo, 14 mois, et Tom, 30 ans, proche ami de Juan et qui, lui, n'a pas encore d'enfant. Le premier travaille aux 4/5e et garde son fils tous les mercredis. C'est pourquoi il a invité son copain à venir passer un moment chez lui. À peine est-il arrivé, une question brûle les lèvres de Tom...*

**Tom :** C'est vrai ce que tu m'as dit au téléphone ? Vous ne mettez pas de couches à Cosmo ?

**Juan :** Le moins souvent possible ! Et si c'est le cas, comme quand il va à la halte-garderie, c'est uniquement des couches lavables. Véra et moi, on n'imaginait pas du tout devoir jeter 5 000 couches en plastique dans la nature en attendant que Cosmo soit propre. Et puis tu sais, sur la Terre, une majorité d'enfants ne portent jamais de couches-culottes !

**Tom :** C'est bien d'être écolo. Mais comment vous faites et surtout... pourquoi, à part protéger la planète ? Explique-moi, car j'ai trouvé ça un peu chelou, et même, disons-le, crado, quand tu m'en as parlé... Ton fils peut faire ses besoins n'importe où dans la maison ?

**Juan :** Mais non, pas du tout... On pratique une méthode qui s'appelle l'Hygiène naturelle infantile ou HNI. En fait, les bébés manifestent par différents petits signes leur besoin d'éliminer. Pour y répondre, il suffit d'y être très attentif et de leur proposer le pot, le lavabo ou un autre récipient pour qu'il fasse ses besoins au moment voulu. On le maintient en position accroupie et on peut l'aider en faisant « psss » pour le pipi ou « grrr » pour le caca...

**Tom :** Bizarre quand même ! Mais ça sert à quoi ? À le rendre propre plus tôt ?

**Juan :** Non, ce n'est pas le but, même si les bébés HNI vont être plus facilement continents que les autres, qui font du *potty training* — apprentissage du pot – entre 2 et 3 ans. Être à l'écoute de ses besoins, dès la naissance, c'est un peu contraignant, mais ça s'inscrit dans une relation plus proche et plus respectueuse de l'enfant. Et puis ça évite cette période difficile qui précède l'entrée en maternelle, où les parents flippent à l'idée que leur enfant ne soit pas propre à temps.

**Tom :** Bah, pour mon neveu, ça n'a pas eu l'air si compliqué d'aller sur le pot. Enfin, je n'étais pas là tous les jours… C'est quoi les « petits signes » qu'il faut guetter ?

**Juan :** Il peut y avoir des grimaces, une crispation, un air concentré avec le regard fixe pour le caca, des mouvements de jambes quand ils sont portés pour le pipi… On apprend à interpréter toutes ces attitudes. C'est la « communication HNI ». Bon, bien sûr, parfois, il y a des petits accidents.

**Tom :** Mais les bébés ne se baladent pas cul nu, quand même ! Ton fils a un pantalon aujourd'hui.

**Juan :** C'est un pantalon chinois qui est fendu à l'arrière de façon que l'enfant puisse faire ses besoins sans se déshabiller. Les pans du tissu s'écartent quand il est en position accroupie. Quand il était plus petit, on lui mettait parfois un lange retenu par une ceinture dans la journée. On trouve plein d'astuces ! Il y a même des sites dédiés sur internet où l'on peut trouver du matériel spécial HNI : vêtements, pots adaptés et même des petits urinoirs de poche pour les sorties ! C'est super pratique !

**Tom** (en riant) : Je trouve tout cela un peu perché, mais bon, on verra quand je serai papa !

**Juan :** C'est pour bientôt ?

**Tom :** On y pense, on y pense...

Je suis témoin,
il a mis le bazar
tout seul !!!
?
Allez ! Venez jouer
avec moi, c'est
trop GÉNIAL !!!

# LA MOTRICITÉ LIBRE : bouge ton corps, bébé !

*Dans le salon de son copain Juan, Tom n'en revient pas en découvrant l'enchevêtrement de coussins et de cartons qui s'offrent à ses yeux…*

**Tom :** Dis-moi, c'est un peu le bazar chez toi ?

**Juan :** C'est le parcours de motricité libre de Cosmo. Depuis qu'il est tout petit, on essaie de lui faire passer un maximum de temps au sol, sur son tapis d'éveil ou sur une couverture. Ma sœur m'avait prêté un parc mais on ne s'en est jamais servi !

**Tom :** La motricité libre, tu dis, c'est nouveau ça ?

**Juan :** Pas vraiment. Le principe de laisser les bébés libres de leur mouvement pour découvrir naturellement les étapes de leur développement moteur était déjà préconisé dans les années 50-60 par une pédiatre hongroise, Emmi Pikler. Ils sont fans d'elle, à la crèche ! Ils m'ont tout de suite conseillé de m'installer au sol avec Cosmo, de lui mettre des vêtements confortables et les pieds nus.

**Tom :** Du coup, tu dois rester à côté de lui ?

**Juan :** Oui je suis là pour l'encourager, mais sans intervenir quand il fait ses « premières fois » quand on a la chance d'y assister : par exemple, quand il s'est retourné tout seul sur le ventre…

**Tom :** Sur le ventre ? Je croyais que c'était interdit de placer les bébés comme ça aujourd'hui !

**Juan :** Oui pendant le sommeil pour prévenir le risque de mort subite. Mais pendant les périodes d'éveil, c'est bien aussi qu'ils expérimentent la position ventrale pour muscler leur nuque et leur dos… Toujours sous surveillance, bien sûr ! Après, il s'est mis à ramper puis faire du quatre-pattes sur son tapis puis il s'est assis tout seul, sans que je cherche à lui imposer cette position. Après il a commencé à se tenir debout contre un meuble et un jour, bam, il a fait ses premiers pas ! Bon, je n'ai pas vu les tout premiers... Mais tu sais, Cosmo a marché à 1 an !

**Tom :** Mon neveu, c'était à 10 ou 11 mois, je crois...

[...]

**Juan :** Oui enfin ça ne veut rien dire... Au fur et à mesure qu'il se déplace et qu'il prend confiance, je lui prépare un petit espace sécurisé dans le salon en lui évitant les chutes ou les bosses... Bon là, aujourd'hui, il n'a pas envie d'y aller mais d'habitude, il passe par les tunnels, les escaliers, les cachettes. C'est ce qu'ils font à la crèche même si eux, ils ont un matériel spécial.

**Tom :** Et ce truc à roulettes, le Youpala®, qu'on avait quand on était petit, on oublie ?

**Juan :** Tu as tout compris ! Ce n'est pas très naturel de le faire marcher sur la pointe des pieds et mieux vaut qu'il apprenne à bien se stabiliser tout seul avec ses bras...

**Tom :** Mais comment tu fais quand tu as des choses à faire dans la maison, si tu ne le mets jamais dans un parc ?

**Juan :** Au début il restait, pour de courtes périodes dans son transat. Sinon Vera et moi on l'a beaucoup porté en écharpe ou avec le porte-bébé. Maintenant, il s'est mis à courir partout. Il faut toujours être derrière lui.

**Tom :** Oui mais là c'est clair, il préfère rester avec nous sur le canapé ! Tu nous fais une petite démo de ton parcours de motricité ?...

*(Juan s'exécute et file à quatre-pattes sous la table basse)*

**Tom :** Non, sérieux ?

Quoi ?!? Me dit pas qu'il veut encore du gâteau ?!?!!
Si Si !!! Et c'est TA part qu'il veut !!!

# LA LANGUE DES SIGNES POUR BÉBÉS (LSB) : *il ne leur manque que la parole !*

*Juan et Tom jouent avec Cosmo à un jeu d'empilement. Cosmo fait tout tomber en riant. Il regarde son père et se met à taper avec son index dans la paume de son autre main…*

**Juan :** « Encore », Cosmo ? Tu veux jouer encore ?

*(Juan reproduit le même geste avec ses mains)*

Tu as vu, Tom ? Il a dit « encore » ! C'est ça, la langue des signes pour bébés dont je te parlais.

**Tom :** C'est top ! Qu'est-ce qu'il sait dire d'autre ?

**Juan :** Il peut exprimer des besoins et des envies comme maintenant, ou quand il a faim, soif, sommeil ou envie de faire pipi. Il peut montrer qu'il veut un câlin... À la crèche, ils leur apprennent, disons, une vingtaine de signes.

**Tom :** C'est un peu comme la langue des signes pour les malentendants ?

**Juan :** La Langue des signes française (LSF) a une vraie grammaire et une syntaxe beaucoup plus complexe. Pour les bébés, c'est beaucoup plus simple ! Avec un petit, le parent doit toujours exprimer en même temps le mot par la parole et par le geste.

**Tom :** Ça te permet de le comprendre plus facilement ?

**Juan :** Ça permet plein de choses ! Déjà, ça permet à Cosmo d'être moins frustré quand il veut exprimer quelque chose, ça lui donne plus confiance en lui. Et puis, toujours pareil, comme l'HNI dont je te parlais tout à l'heure, ça contribue à tisser un lien privilégié avec l'enfant.

**Tom :** Tu as commencé quand ?

**Juan :** À la crèche, ils ont commencé à le faire participer à des ateliers vers 6 mois. Il a réussi à reproduire les signes vers 9-10 mois, je crois.

*(Tom porte à 2 reprises sa main, aux doigts fermés, vers sa bouche.) Tu as faim, Cosmo ?*

*(Cosmo répond par le même signe.)*

**Juan :** Ça va être l'heure du goûter !

**Tom :** Tu n'as pas peur que ça ralentisse un peu le langage ? Ça semble tellement facile de faire un geste quand on ne sait pas encore parler !

**Juan :** J'ai posé la question au Dr Bonnenfant, tu sais, son super pédiatre. Il dit que non, cela ne risque pas de provoquer de retard de langage, tant que nous prenons bien la peine de prononcer le mot à l'oral tout en signant. On fait toujours des phrases complètes. On lui parle normalement en le regardant bien dans les yeux. Signer stimule la coordination entre la vision et la compréhension, le geste et l'anticipation.

**Tom** *(en portant sa main à la bouche à 2 reprises)* : Moi aussi, j'ai faim, Cosmo. Il arrive ce goûter ?

T'as pas eu le temps d'accrocher la déco?
T'as rien compris! C'est SA chambre, pas la tienne !!!

# LA CHAMBRE MONTESSORI : *joue-la comme Maria !*

***Autre surprise pour Tom en découvrant la chambre de Cosmo…***

**Tom :** C'est zen ici pour une chambre d'enfants !

**Juan :** Oui, on a essayé de l'aménager dans un état d'esprit Montessori…

**Tom :** Montessori, c'est bien cette pédagogue qui a inventé une méthode il y a plus de 100 ans, que tout le monde trouve moderne aujourd'hui ?

**Juan :** Oui, c'est ça. Elle favorise l'autonomie de l'enfant à travers toutes les activités de la vie quotidienne, sans jamais le surstimuler. C'est pour ça que nous avons choisi une déco assez épurée, des murs unis et clairs, avec juste quelques jolis cadres accrochés pas trop haut pour qu'il puisse en profiter lui aussi.

**Tom :** Pas beaucoup de jouets, non plus ! Chez mon neveu qui est à peine plus grand, il y en a partout !

**Juan :** Si, regarde, il y en a quelques-uns sur l'étagère qui est au niveau du sol. Ils sont rangés dans des boîtes transparentes pour que Cosmo puisse les voir et non pas entassés dans un coffre. On essaie de lui en proposer un ou deux à la fois. On lui propose aussi des « plateaux d'activités » à thème. Par exemple, pour apprendre à transvaser de l'eau d'un récipient à l'autre, pour découvrir différentes matières ou pour bien regarder tout ce qu'on a trouvé en promenade en automne : des marrons, des feuilles, des petits cailloux...

**Tom :** Tous ses jouets sont en bois. Bien bobos écolos, les parents ! En tout cas, pas d'électronique ! Du coup, vous le ne laissez pas jouer avec le camion de pompier que je lui ai offert...

**Juan :** Si, de temps en temps dans le salon. La chambre est un univers plus calme pour le sommeil et l'éveil. Autre élément important : le miroir qui était placé au sol à l'horizontale quand il était plus petit et que l'on a mis à la verticale depuis qu'il sait marcher.

**Tom :** Il dort sur ce matelas au sol ?

**Juan :** Pour l'instant, il s'en sert pour jouer ou regarder des livres avec nous et il dort dans son lit parapluie (on a évité le lit à barreaux !) où, tu as vu, je lui ai installé un magnifique mobile Montessori, aux 3 couleurs primaires, fait maison, par Bibi ! Dans quelque temps, il ira sur son matelas la nuit aussi. Comme ça, il pourra se lever et se recoucher à sa guise. C'est bon pour sa motricité, tout ça.

**Tom :** Il va passer son temps à venir vous voir dans votre chambre !

**Juan :** Un risque à prendre… Comme tant d'autres. Allez, les filles vont arriver. On va préparer l'apéro !

## QUI ÉTAIT MARIA MONTESSORI ?

Médecin et pédagogue italienne, Maria Montessori (1870-1952) a mis au point la méthode éducative qui porte son nom et qui connaît toujours un rayonnement international. Elle se consacre d'abord aux enfants déficients mentaux, en considérant que ceux-ci ont plus besoin d'aide pédagogique que médicale. Elle leur propose des activités sur-mesure, qui donnent d'excellents résultats. Pour eux, elle met au point un matériel sensoriel, qu'elle va également proposer aux enfants sans handicap dès 1907, dans une école expérimentale de Rome, la *Casa dei Bambini*. Sa pédagogie vise à accompagner le développement naturel de l'enfant plus que de lui transmettre un savoir. Elle mise sur le libre choix des activités, le respect du rythme de chacun et l'apprentissage par l'expérience. Les enfants travaillent par petits groupes, d'âges mélangés. L'objectif étant d'en faire des adultes responsables et autonomes.

En 1934, elle part pour l'Espagne, l'Angleterre puis la Hollande pour diffuser sa méthode, avant de s'installer en Inde, en 1939. Elle termine ses jours en Hollande, et c'est son fils, Mario, qui continue son œuvre. On compte aujourd'hui près de 200 écoles Montessori en France et près de 30 000 dans le monde.

---

« N'élevons pas nos enfants pour le monde d'aujourd'hui. Ce monde n'existera plus quand ils seront grands. Et rien ne nous permet de savoir quel monde sera le leur. Alors, apprenons-leur à s'adapter. »

Maria Montessori, *Pédagogie scientifique*, tome 1 : *La maison des enfants*, Desclée De Brouwer, 2004.

# PARENTS CONNECTÉS : *pour le meilleur ou pour le pire ?*

Sites, réseaux, applis… La parentalité est omniprésente sur Internet. Des conseils, du rêve, de la convivialité : on peut trouver à peu près tout ce que l'on souhaite dans ces espaces dédiés. À condition de ne pas tomber dans le piège du miroir aux alouettes ou des infos anxiogènes.

Le pays des merveilles, celui des merveilleuses mamans, existe. Il s'appelle Instagram. Elles sont légion à y offrir l'image, savamment mise en scène, de leur bonheur familial. Rien ne détonne dans leur intérieur, que l'on croirait sorti d'*Elle Déco*, et tout y est bien rangé – même les jouets des enfants dont on n'hésite plus à exposer les jolis minois. Il y a toujours des crêpes à la chandeleur, des déguisements *home made* pour Halloween et de chouettes cadeaux pour la fête des Mères et les anniversaires. Photos et vidéos y suscitent en majorité des commentaires aussi laconiques que dithyrambiques : « Trop mimi ! », « trop chou ! », « trop beaux ! », bordés de cœurs et de pouces levés. Bien sûr, sous couvert de l'anonymat, quelques grincheuses et grincheux balancent parfois un scud acerbe à cette perfection affichée, jugée factice et destinée à en « foutre plein la vue ». En ligne de mire, l'exploitation commerciale de l'image des enfants, que l'on voit parfois déballer des cadeaux ou porter des vêtements offerts par des sponsors – leur marque étant citée moyennant rémunération (voir encadré, p. 130).

## RÉSEAUX SOCIAUX : « TOUJOURS À DOUBLE TRANCHANT ! »

« Ce qui a changé avec les réseaux, c'est qu'aujourd'hui, on voit tout ce que font les autres. Avant, on se comparait uniquement avec nos voisins. Maintenant, on a accès à ce qui se passe chez des gens qui n'ont pas la même vie, pas la même culture, que l'on n'aurait jamais dû rencontrer dans la vraie vie… On peut aller vérifier que chez Machin Chose, c'est hyper propre, alors que, chez nous, c'est le chantier. On peut voir que telle instagrameuse a accouché sans péridurale, comme on en rêvait, alors que nous, on n'a pas tenu le coup. On est constamment devant un parvis de gens qui ont fait différemment de nous ou qui, souvent, semblent ou disent avoir fait mieux que nous. Moi-même, je me suis mise des injonctions toute seule, pendant la grossesse ou après l'accouchement, parce que j'allais voir ce qui se passait ailleurs à un moment où, au contraire, on devrait se recentrer sur soi-même.

Les réseaux, c'est toujours à double tranchant. Il y a aussi tout ce dont on parle grâce à eux : le post-partum douloureux, l'épuisement maternel, etc. De pouvoir lire partout que la situation que l'on vit est normale et presque même banale, voilà qui est rassurant. Parfois, le partage d'expérience va permettre aussi de révéler ce que l'on est et ce dont on est capable. Grâce à d'autres personnes, on se dit : "Ben oui, je peux y arriver aussi !"

C'est donc très ambivalent, cette présence permanente des autres. Il faut pouvoir en tirer ce dont on a besoin et savoir s'en extraire pour faire par nous-mêmes. Il faut pouvoir, comme pour toutes les informations recueillies sur le chemin de notre parentalité, en faire une force et non pas un obstacle. La parentalité est un apprentissage, prenons des cours, prenons des notes, regardons ce qui se fait ailleurs et approprions-nous les choses pour faire au mieux, selon ce que nous sommes, selon ce que nous vivons. »

MARIE PERARNAU, CHRONIQUEUSE
À *LA MAISON DES MATERNELLES*,
SPÉCIALISTE DE LA PARENTALITÉ ET DU NUMÉRIQUE

## APPARTENIR À UNE COMMUNAUTÉ

Une chose est sûre : la vie rêvée des mamans influenceuses d'Instagram rassemble les followers. Des comptes comme @minireyve, @etdieucrea, @lolaetsesminis, @pasteldesbois ou @littlebunbao sont suivis par des dizaines de milliers d'abonnés. Sans parler de ceux d'anciennes stars de la téléréalité, comme Nabila (7,4 millions d'abonnés), Caroline Receveur (4,8 millions d'abonnés) ou Jazz Correira (4,1 millions d'abonnés), qui explosent les compteurs.

Sur les réseaux, chacun peut avoir son heure de gloire pourvu que l'on fasse des vues et du buzz. Dans son roman, *Les enfants sont rois*[37] Delphine de Vigan raconte l'ascension de Mélanie Claux, maman de Kimmy et Sam, qui se métamorphose sur Instagram en Mélanie Dream… « Une maman fée qui orchestrait leur bonheur. Du matin au soir, dans un va-et-vient permanent entre elle et ses enfants – les rendant ainsi indissociables d'elle-même, et réciproquement –, elle racontait leur journée et produisait ainsi une sorte de téléréalité familiale autogérée, aux sponsors plus ou moins bien dissimulés. Il s'agissait avant tout de donner à chaque abonné le sentiment d'appartenir à un clan. »

Trouver enfin un réseau de mamans bienveillantes qui ne la jugeraient pas : c'est ce qu'a d'abord cherché **Alix**, en proie à une grande solitude après la naissance de son fils. *« Je ne prenais pas les images au 1er degré, je n'éprouvais aucune jalousie vis-à-vis de celles qui semblaient s'en sortir si bien avec leurs enfants. Je voulais juste échanger, mais j'ai vite compris que ce n'était pas le lieu idéal. Pour peu qu'un sujet qui m'intéressait comme le sevrage ou la DME fût abordé, il y avait tout de suite une donneuse de leçons qui prenait le dessus. Il valait mieux parler recettes ou déco, ou commenter ce que faisaient les enfants présentés sur le compte. »*

---

37 Éditions Gallimard, 2021.

## DES RÊVES UN PEU AMERS

Parfois, les mamans influenceuses répondent elles-mêmes aux critiques qui leur sont adressées : « Instagram n'est qu'une vitrine, une sélection de moments choisis, souvent jolis, mais n'oubliez pas que, derrière, la vraie vie est toujours là, les tâches ménagères, le bordel, la morve, les cernes, la vaisselle qui s'entasse, le panier à linge qui déborde, le feutre qui ne part pas sur la table et les jouets à ranger », rétorque Marie Cao, alias LittleBunBao sur son compte. Comme tant d'autres, l'instagrameuse Hélène du Val s'est vu reprocher de jouer les mères parfaites. Ce à quoi elle répond : « Je suis la seule et unique mère de mes enfants. Du coup, je suis suffisamment parfaite pour eux. Je suis présente. Je n'ai plus de carrière ni de vie sociale (ou peu) parce que je l'ai choisi. [...] Je ne cherche ni culte de la personnalité, ni adoration, ni admiration aveugle. Je partage une façon d'être parent : la mienne, un point de vue : le mien. »

En clair, ces comptes-vitrines seraient uniquement là pour nous renvoyer du rêve, nous divertir, et non pas pour nous dire comment nous y prendre avec nos enfants.

*« Je vais sur ces comptes comme je feuillette un magazine de mode ou que je regarde une comédie romantique à la télé. J'y pique parfois quelques idées, mais ça ne bouleverse pas mon quotidien »*, explique **Anissa**, qui suit une dizaine de mamans influenceuses sur les réseaux.

### UNE LOI POUR PROTÉGER LES ENFANTS « INFLUENCEURS »

Depuis avril 2021, une loi encadre « l'exploitation commerciale de l'image des enfants de moins de 16 ans sur les plateformes en ligne ». Le député Bruno Studer, auteur d'un rapport sur le sujet, a relevé « plusieurs dizaines de cas » de familles où les revenus liés au sponsoring des contenus montrant des enfants atteignaient les 150 000 € mensuels. Désormais, les salaires versés aux mineurs seront placés à la Caisse des dépôts et consignés jusqu'à leur majorité. La nouvelle loi ouvre également un « droit à l'oubli numérique », dont chaque enfant pourra se prévaloir en demandant aux sites et réseaux sociaux de supprimer leurs anciennes photos et vidéos. Et ce sans attendre d'avoir 18 ans.

## TÉMOIGNAGES ET PARTAGE D'EXPÉRIENCES

D'autres plateformes dédiées à la grossesse, à la petite enfance et à la parentalité (La Maison des Maternelles, Magicmaman, Parents, etc.) proposent un tout autre univers et une autre finalité. Il y est clairement question d'information, par le biais de tutos et de conseils d'experts, et d'accompagnement via le partage direct d'expérience entre parents. Depuis quelques années, l'univers numérique de l'émission *La Maison des Maternelles* (400 000 téléspectateurs en moyenne chaque matin sur France 2) est en perpétuelle évolution. Doté d'un site internet 100 % vidéo, il rassemble aussi plus de 2,5 millions d'abonnés (fin 2021) sur les réseaux sociaux : Facebook (1,4 million), YouTube (600 000) ; Instagram (350 000), TikTok (36 000) et Twitter (1 500) : « Il s'agit d'une communauté soudée et majoritairement bienveillante, qui se renouvelle beaucoup au fil des nouvelles grossesses, explique Nicolas Freymond, Social Media Manager à *La Maison des Maternelles*. Le taux d'engagement, qui correspond au nombre de personnes qui réagissent, commentent ou likent les posts est très important. » Les échanges vont bon train et parfois les esprits s'échauffent autour de thématiques, telles que l'allaitement maternel, le portage des bébés, la vaccination ou la PMA[38]. Les messages de soutien aux personnes venues témoigner en plateau sur des sujets comme le deuil parental, l'inceste ou le harcèlement scolaire sont toujours extrêmement nombreux et chaleureux. « Le numérique nourrit l'émission pendant les directs et permet de contacter de nouveaux témoins », ajoute Nicolas Freymond. Sur Facebook et sur Instagram, les questions/réponses en direct avec les experts peuvent se prolonger au-delà du temps d'antenne. Les FAQ (Foires aux questions) sont devenues un rendez-vous régulier et donne l'occasion aux téléspectateurs d'échanger avec les plus grands spécialistes de l'obstétrique, de la pédiatrie, de la pédopsychiatrie ou de la psychologie.

## LA SPIRALE ANXIOGÈNE DES RÉSEAUX SOCIAUX...

Pendant les premières années qui ont suivi l'invention d'Internet, les parents arrivaient en consultation avec un grand nombre de données, souvent erronées et anxiogènes, relevées sur des sites. Ils avaient préparé toute une liste de questions. Aujourd'hui, ils semblent passer moins de temps à faire des recherches sur des sites spécialisés, mais font souvent référence à ce qu'ils ont lu sur les réseaux sociaux. C'est encore pire car, là, les affirmations de tout un chacun sont rarement documentées ou se réfèrent à des sources peu fiables. Les parents retiennent des choses du genre « Il y a du poison ! » ou « Les médecins ne disent pas la vérité, ils sont achetés par les labos pharmaceutiques »... Pour se rassurer, ils recherchent paradoxalement la proximité de gens qui, comme eux, ont peur, sont inquiets. Les propos reflètent avant tout le ressenti, l'émotion. C'était surtout le cas dans les périodes de doutes liées à la Covid-19, au traitement, à la transmission, au vaccin... Ce que je remarque, c'est qu'à force d'aller sur les réseaux, les patients recommencent à faire confiance à leur médecin. Celui-ci n'a plus, comme par le passé, une posture de « sachant » qui délivre savoir et interdits. Il prend le temps de bien expliquer toutes ses observations et ses décisions. Le seul diplôme ne suffit plus pour être cru. Il faut être convaincant, rassurant, « pédago »...

DR ARNAULT PFERSDORFF, PÉDIATRE

### SANS TABOU DANS L'ENTRE-SOI

En plus des sites internet et des réseaux sociaux, de nombreuses « applis » s'adressent également aux jeunes parents. Créée en 2015, WeMoms annonce 1,2 million d'utilisatrices, essentiellement des femmes enceintes et des mamans de bébés. L'appli mise sur l'horizontalité et le partage d'expériences sur la vie quotidienne plus que sur l'expertise médicale. Ici, on peut parler sans gêne de ses jambes lourdes pendant la grossesse, de ses crevasses au mamelon ou de la couleur des selles de son enfant. Et recevoir rapidement moult avis et conseils pratico-pratiques émanant de la communauté.

L'interconnexion des jeunes mamans représente-t-elle une réponse à l'isolement dont elles sont de plus en plus nombreuses à se plaindre ? Dans un article publié sur le site theconversation.com, Laurence Dessart, professeur de marketing à l'université de Liège en doute : « Sur les réseaux sociaux, ces mères ou futures mères sont en réalité passives... ensemble. Elles consomment, un peu comme dans un buffet à volonté, le contenu posté par les rares personnes très actives (on estime que 80 % des utilisateurs de réseaux sociaux sont inactifs), et ce sans donner en retour, ou très peu. »

Enfin, d'autres applications se proposent d'alléger la charge mentale des parents au quotidien. Leur principe ? Répertorier et archiver toutes les données relatives à la santé, au métabolisme et aux soins prodigués à leur bébé. On peut y noter, et se souvenir, que Lola a été changée 7 fois aujourd'hui, dont 2 fois pour le caca, qu'elle a tété 20 minutes le sein droit de maman, qu'elle a dormi 2 heures lors de la sieste du matin et qu'elle a pleuré pendant 15 minutes en début de soirée... Le but de Bébé Connect, Baby Tracker, Bébé + ou SuperMaman étant de faciliter la vie des parents en enregistrant tous ces paramètres exactement comme les applis de remise en forme recensent la fréquence cardiaque, la durée de l'effort et les calories perdues pendant un jogging. Reflétant la passion pour les datas des millennials, ces outils se multiplient dans le monde entier. À voir s'ils rassurent les jeunes parents ou contribuent à leur mettre encore plus de pression.

PARTIE 3

# MES PARENTS *vont craquer...*

*Un bébé pleure, inconsolable dans les bras de sa mère, sous le regard inquiet du père.*

Lui : « Peut-être qu'elle a faim ? »

Elle : « Elle vient de téter pendant 20 minutes.
Tu crois pas qu'elle a chaud ? »

Lui : « Peut-être qu'elle a froid… »

*Quelques doutes plus tard, la petite fille finit par s'endormir.*

Lui : « C'est normal qu'elle dorme autant ? »

Elle : « Tu crois qu'il faut la réveiller ?… »

# CRISE dans la sphère intime

Le spot réalisé par Thomas Litli, le médecin cinéaste (*Première Année*, *Hippocrate*) a été largement diffusé en novembre et en décembre 2021 à la télévision, aux heures de grande écoute, à la demande des pouvoirs publics. Sous la bannière « Devenir parents, c'est aussi se poser des questions », une campagne d'information multimédia visait à promouvoir le site, « Les 1 000 premiers jours », doublé d'une appli pour smartphone. Chaque parent inquiet peut y trouver les réponses aux questions qu'il sera le plus souvent amené à se poser dans les semaines suivant la naissance. Sur l'alimentation, le sommeil, les vaccins. Mais aussi sur le lien d'attachement, les interactions parent-bébé, la différence entre le baby blues et la dépression. Ici, des situations dont on ne parle pas habituellement dans les guides pratiques sont mises en avant. Ainsi, la question de Quentin, 30 ans et un bébé de 3 mois, qui a entendu parler du syndrome du bébé secoué et qui se demande : « Comment faire pour que je n'en arrive jamais là ? » Ou celle d'un autre papa de 30 ans, Samy : « Mon pédiatre me dit que c'est important pour mon bébé de passer du temps ensemble. Mais il ne parle pas et ne marche pas encore, que puis-je faire avec lui ? »

La mise en place de ces outils fait suite à la remise au gouvernement, en septembre 2020, d'un rapport d'experts destiné à « identifier les pratiques préventives permettant de lutter contre les fragilités et les inégalités qui se creusent dès la naissance ». Sous la présidence du neuropsychiatre Boris Cyrulnik, gynécologues obstétriciens, sages-femmes, pédopsychiatres, psychologues et chercheurs ont planché, non pas sur les seules circonstances de la naissance – finalement un épiphénomène –, mais sur les 1 000 jours allant du deuxième trimestre de la grossesse aux 2 ans de l'enfant. Une période qui, selon le groupe de travail, « conditionne la santé et le bien-être de chacun au cours de sa vie. » Si l'allongement du congé de paternité constitue la mesure phare, prise après la publication du rapport de la commission Cyrulnik, la création d'un parcours des 1 000 premiers jours, prévoyant un suivi renforcé des femmes avant, pendant et après la naissance, est aussi à l'ordre du jour.

« L'arrivée d'un enfant est un chamboulement pour tous les parents, sur tous les plans, notamment physique, hormonal et psychique. Chacun vit des hauts et des bas, se sent parfois triste ou débordé, surtout dans les premières semaines après la naissance », explique le *Livret de nos 1 000 premiers jours*. Édité en 2021 par le Ministère des solidarités et de la santé en partenariat avec Santé publique France, la Caisse nationale des allocations familiales et la Caisse nationale d'assurance maladie, il est diffusé auprès des jeunes parents dont on reconnaît enfin la vulnérabilité accrue, dans les conditions actuelles de la naissance. Des difficultés qui se sont encore accentuées dès le début de la crise sanitaire du Covid-19 et des périodes de confinement qui ont suivi.

« Il y a un nombre croissant de dépressions dans l'année qui suit l'accouchement, et on voit apparaître des dépressions du pré-partum », note Boris Cyrulnik[1]. D'où le but de la commission : sensibiliser les pouvoirs publics à l'importance de veiller au bien-être des femmes enceintes, « parce qu'une mère sécurisée devient sécurisante pour le bébé qu'elle porte », insiste le neuropsychiatre.

---

1 *In* LMDM.

## UN ENTRETIEN AU 4E MOIS DE GROSSESSE

Depuis quelques années, chaque future maman doit bénéficier d'un entretien avec une sage-femme, au 4e mois de la grossesse, au cours duquel son bien-être (ou mal être) psychique est évoqué. En 2021, seules 28 % des femmes enceintes en ont profité. Une attention particulière devra être apportée pour valoriser cet échange, désormais obligatoire, qui permet de dépister des signes avant-coureurs de dépression, de libérer la parole – sur des questions sensibles comme les violences conjugales – et de donner des pistes et des contacts pour se faire aider si besoin. Pour mieux accompagner la maternité, après la naissance, un entretien avec une sage-femme ou un médecin, également obligatoire, est désormais prévu pour dépister une éventuelle dépression du post-partum – une maladie qui touche, selon les études et les sondages, entre 15 et 30 % des jeunes mamans.

> « La grossesse est naturellement le moment d'un état psychique singulier, un état de susceptibilité ou de transparence psychique où des fragments de l'inconscient viennent à la conscience. »
>
> MONIQUE BYDLOWSKI[2]

2 *Devenir mère*, Éditions Odile Jacob, 2020.

## Post-partum : attention fragile !

Médicalement, le post-partum désigne la période qui va de la sortie du placenta, la fameuse « délivrance », au retour des règles. Soit environ 6 semaines. Une période au cours de laquelle la jeune maman va devoir affronter bien des gros maux : tranchées, lochies, cicatrisation de l'épisiotomie ou de la césarienne, montée de lait, fatigue intense, hémorroïdes et autres réjouissances liées aux suites de couches... Non, on ne se remet pas du jour au lendemain d'une épreuve physique comme celle de l'accouchement. Tout comme on ne se remet pas du jour au lendemain de ce qu'Anna Roy appelle la « déflagration psychique » de la naissance[3] : « Toute femme peut s'attendre à vivre de nombreux remaniements intérieurs qui vont de l'ébranlement identitaire" au baby blues, comme on dit pudiquement, de joie à tout casser, de regrets, de deuils à faire, de labilité émotionnelle [...]. Une palette d'émotions à laquelle s'ajoute la culpabilité qui nous étreint à chaque seconde de notre vie », décrit la sage-femme. Si ce bouleversement intime, et notamment cette période de baby blues qui survient entre 3 et 5 jours après l'accouchement, relève du « normal », du « physiologique », ce n'est plus le cas de la dépression du post-partum. Selon Anna Roy, une grande part de ces complications reste complètement évitable, car elle est liée à un vécu difficile de l'accouchement, plus qu'à un accouchement difficile, d'un point de vue médical : « Les circonstances de la naissance – et surtout l'accompagnement dont la femme ou le couple ont bénéficié – sont absolument fondamentales pour le devenir psychique des mères ». C'est pourquoi les futures mamans et futurs parents sont de plus en plus invités à devenir acteurs de l'accouchement, à choisir leur maternité, à écrire un projet de naissance et à poser des questions à l'équipe soignante. Ceci pour ne pas avoir le sentiment d'être passés à côté

3 Podcast Sage-Meuf, Europe 1.

d'un événement qui ne se reproduira pas si souvent dans une vie. Et pourtant, d'après une enquête publiée par *Le Point* en février 2022, 78 % des femmes disent avoir mal vécu leur post-partum. C'est énorme ! C'est dommage.

## UN SOUHAIT D'ACCOUCHER AUTREMENT

- 31 % des mères disent ne pas avoir été entendues/respectées par l'équipe médicale lors de leur accouchement.
- 93 % des mères se disent favorables à la création de nouvelles maisons de naissances[4].
- 84 % des mères aimeraient qu'on facilite les possibilités d'accouchement accompagné à domicile pour les mères qui le souhaitent[5].

### PRENDRE LES DEVANTS, DÈS LA GROSSESSE

Deuxième chose à anticiper pour mieux vivre ensuite son post-partum : ne pas se dire qu'après l'accouchement, le plus dur est passé et se préparer à connaître cette vulnérabilité physique et psychique. Pour Chantal Birman, sage-femme, après un tel événement, « on déménage de soi-même ». Il faut alors parfois tout reconstruire, tout réinventer. Ce qui peut être une chance, mais qui peut aussi d'abord paraître vertigineux.

Troisième point à envisager pour que tout se passe au mieux après la naissance : s'organiser pour que la jeune maman se retrouve,

4 NDLR : où elles pourront accoucher de façon physiologique en présence d'une sage-femme si les conditions médicales de l'accouchement le permettent.

5 NDLR : actuellement, les accouchements à la maison représentent 0,3 % des naissances ! Enquête réalisée par l'ONG Make Mothers Matter (MMM) auprès de 22 000 jeunes mamans, septembre 2021.

comme son nouveau-né, au centre des attentions. Ce qui consiste à l'entourer au maximum et à la décharger des contraintes quotidiennes : c'est ce qui prévaut dans la plupart des civilisations traditionnelles à travers le monde. En médecine chinoise, on désigne comme le « mois d'or » la période allant de 1 mois à 40 jours après la naissance. C'était encore souvent le cas en Europe jusque dans les années 1950, quand la naissance pouvait encore se passer plus facilement à domicile ou quand, dans le cas contraire, le séjour en maternité atteignait facilement 8 à 10 jours. Aujourd'hui, la réalité est toute autre. Beaucoup de mères se retrouvent complètement seules quand elles sortent de la maternité, au bout de 3 ou 4 jours. À plus forte raison quand le conjoint ne prend pas son congé de paternité ou qu'elles sont mamans solos. La plupart se révèlent insuffisamment informées de la possibilité de faire appel à une sage-femme à domicile (voir encadré p. 142) ou de se tourner vers le centre de Protection maternelle et infantile (PMI) de son secteur. Rares sont celles aussi qui vont demander une aide ménagère et logistique auprès des TISF (Techniciens de l'intervention sociale et familiale). Certaines femmes se retrouvent en état d'épuisement physique et psychique, complètement dépassées par la gestion du quotidien, à plus forte raison quand elles ont un ou des enfants plus grands à la maison. Difficile de pouvoir envisager de se reposer, de bien se nourrir et de prendre soin de soi. Et pourtant, c'est essentiel pour recharger des batteries complètement à plat !

### QUEL SUIVI POUR LES JEUNES MAMANS ?

En France, 2 séances de suivi postnatal, assurées par une sage-femme, peuvent être prises en charge à 100 % par la Sécurité sociale jusqu'au 12e jour. Et à 70 % après ce délai, jusqu'à l'entretien postnatal obligatoire, prévu entre 6 et 8 semaines après l'accouchement. À partir du 1er juillet 2022, un nouvel entretien postnatal avec une sage-femme sera obligatoire autour de la 5e semaine suivant l'accouchement dans le but de dépister une éventuelle dépression du post-partum. Un 2e entretien pourra avoir lieu vers la 12e semaine pour les femmes ayant présenté un risque. Ce dispositif arrive en complément de l'entretien du 4e mois de la grossesse (Entretien prénatal précoce ou EPP), avec une sage-femme pour évaluer, entre autres, le bien-être psychique de la future maman. Cette consultation devient également obligatoire.

## LE MEETOO DES MÈRES ?

Dernier conseil à donner à une jeune accouchée : ne plus culpabiliser de ne pas connaître la béatitude de l'enfantement. Au contraire, oser dire quand ça ne va pas et demander de l'aide. Ce qui reste encore extrêmement difficile aujourd'hui. « Il y a un décalage immense entre l'expérience vécue et le grand récit collectif » constate le magazine *Elle* en octobre 2021. « Le #MeeToo des mères aurait-il sonné ? », s'interroge Julie Rambal. Sur Instagram, « les comptes dézinguant la maternité sacralisée affichent des dizaines de milliers de followers ». La liste des mots-dièse militants et déculpabilisants est longue : Mon Post-Partum ; Garde des conseils ; Post-partum ta mère ; Je n'aime pas être enceinte ; Bordel de mères ; Mal de mères ; *The very good mother...* Idem pour les podcasts : La Matrescence, Bliss, Donner naissance ; Le Tourbillon ; Les mères à vif, etc.

## #MONPOSTPARTUM : ELLES TÉMOIGNENT…

*« Être maman, ce n'est pas inné et ce n'est pas non plus que du bonheur. Il y a les joies, les doutes, les peurs et la fatigue. »*

*« De par mon histoire, je savais que j'aurais des choses à régler en devenant maman. »*

*« En réalité, c'est rarement les enfants qui posent un souci, c'est cette foutue pression sociale. »*

*« Je ne sais comment décrire cette période. Mais j'étais un corps sans vie qui venait de donner la vie… »*

*« Je vivais des sensations très rudes et je m'identifiais énormément à mon bébé dans le sens où j'étais en permanence connectée avec mon enfant intérieur blessé. »*

Militante féministe et sociologue, Illana Weizman avoue s'être fait piéger pendant sa grossesse en rejoignant des groupes Facebook glorifiant la maternité. Si elle déchante à la naissance de son enfant, elle se garde bien d'extérioriser son mal-être, alors vécu comme inavouable. Son sang ne fait qu'un tour pourtant quand elle découvre l'interdiction d'une publicité pour des produits d'hygiène et de soins destinés aux jeunes accouchées, lors de la cérémonie des Oscars. Les avaries subies par le corps en post-partum, même pudiquement évoquées, ne sont pas jugées assez glamour pour être associées à la grande fête du cinéma. Suite à cet outrage, Illana Weizman participe à la création sur Instagram du compte Mon Post-Partum. Les mères n'attendent pas longtemps pour y témoigner (voir encadré « #MonPostPartum : elles témoignent... », p. 143) sur la réalité des suites de couches et sur les injonctions qui pèsent sur elles, notamment celle de taire leurs souffrances physiques et psychiques pendant cette période. Suite à cette libération de la parole, Illana Weizman publie un livre, *Ceci est notre post-partum* (Éditions Marabout), où elle explique, se référant à sa propre expérience : « Je sais que cette mise en scène du soi et du réel est une erreur, il n'y a rien de plus effrayant que de vivre ces expériences transformatrices sans y avoir été préparée. Il n'y a rien de plus violent que de nier son ressenti et de se laisser déposséder de son vécu pour coller à une image d'Épinal qui a peu à voir avec la réalité. » Grâce au documentaire *À la vie* (disponible en DVD), qui montre avec réalisme et empathie les visites qu'elle effectue chez ses patientes après l'accouchement, la sage-femme Chantal Birman a voulu « faire sortir le post-partum de l'anonymat avec des forceps sociaux. » Pari réussi pour ce film intimiste et militant, réalisé par Aude Pépin, qui a totalisé 40 000 entrées en salle et donné lieu à une centaine de projections-débats à travers toute la France, et même hors de nos frontières.

## DÉPRESSION DU POST-PARTUM : 100 000 FEMMES PAR AN

Grâce à cette prise de parole des femmes et à l'alerte donnée par les sages-femmes, la prévention et la prise en charge de la dépression du post-partum deviennent une priorité de santé publique (voir encadré « Quel suivi pour les jeunes mamans ? », p. 142). Selon Adrien Taquet, secrétaire d'État à la protection de l'enfance, présent aux Assises de la santé mentale et de la psychiatrie en septembre 2021, « 100 000 femmes par an souffriraient de dépression du post-partum » sans que ces cas ne soient toujours bien identifiés. Et selon le sondage OpinionWay (août 2021), 78 % des parents n'ont jamais entendu parler de cette pathologie fréquente[6] lors d'un rendez-vous médical ; sur 30 % des mères estimant avoir connu un épisode dépressif après une naissance, seulement 5 % disent avoir bénéficié du diagnostic d'un spécialiste. Plus alarmant encore, une enquête nationale, menée par l'INSERM et Santé publique France révélait en janvier 2021 que l'hémorragie obstétricale n'était plus la première cause des décès maternels enregistrés au cours de la première année suivant la naissance. Juste après les maladies cardiovasculaires, le suicide est devenu la seconde incidence de mort en période de post-partum durant la période 2013-2015[7].

Pas toujours dépistée, la dépression du post-partum fait aussi souvent l'objet d'une prise en charge tardive ou insuffisante. Comme si, pendant cette période de la vie, les femmes étaient plus difficilement orientées vers un psychiatre ou se refusaient à accepter cette solution. Pour beaucoup, l'épisode dépressif est reconnu *a posteriori*.

---

6 À ne pas confondre avec la psychose puerpérale, une pathologie mentale qui touche entre 1 et 2 mamans sur 1 000 à la naissance et qui se caractérise, entre autres, par un état de confusion, des hallucinations et un sentiment de persécution qui peut se retourner contre le bébé.

7 Au cours de ces 2 années, de 2013 à 2015, 262 décès maternels ont été enregistrés, dont 35 par suicide. Avant cette période, l'enquête nationale ne prenait pas en compte cette cause de mortalité.

Maman d'un petit garçon de 4 ans, **Annabelle** se souvient :

*« J'ai senti les premiers signes du mal à la maternité, 3 jours après l'accouchement. Je me suis effondrée en larmes, terrorisée par la responsabilité qui s'annonçait à moi. Je me disais que, maintenant, je n'avais plus le droit de vie ou de mort sur moi-même. La sage-femme qui m'a vue pleurer m'a parlé de baby blues, rapidement, en me disant juste que ça n'allait pas durer. De retour à la maison, l'angoisse ne m'avait pas quittée. Mon compagnon est reparti travailler et je suis restée seule des jours entiers avec mon fils, dans l'appartement, sans pouvoir parler à un adulte. J'étais au milieu des cartons du déménagement, le papier peint était décollé dans la chambre. C'était sinistre. Je m'en voulais de ne pas réussir à me réjouir d'avoir un si beau bébé. J'essayais de faire bonne figure quand le papa rentrait, mais il n'était pas dupe. Il croyait que je lui en voulais à cause des travaux qui avaient pris du retard. C'était bien plus compliqué que ça et je n'en voulais qu'à moi-même. Quand mon fils a eu 6 mois, le médecin de famille m'a posé des questions et m'a envoyée consulter un psychiatre. J'ai pu exprimer mon mal-être. J'ai pris des médicaments. Il m'a encore fallu beaucoup de temps, plus de 1 an, avant de retrouver un peu de légèreté. »*

Maman d'une petite fille de 4 mois, **Margaux** a de son côté beaucoup partagé sur les réseaux le récit de sa dépression du post-partum détectée peu après la naissance de son enfant, mais qui avait aussi débuté bien avant. Hospitalisée à 5 mois et demi de grossesse pour un col rétréci, elle sent alors monter une angoisse, mais ne trouve personne à qui en parler. Elle est ensuite alitée pendant 10 semaines chez elle, la période de la Covid-19 l'empêchant de recevoir des visites. Après la naissance de son bébé, ses angoisses sont décuplées. Elle est en hypervigilance, ne trouve pas le sommeil. Quand son mari reprend le travail, c'est la bascule. Un jour, rien qu'en voyant que l'eau du bain n'avait pas été vidée, elle craque : ***« J'ai hurlé, mais c'était un cri qui venait des tréfonds de mon corps, un cri d'animal qui ne s'arrêtait plus. »*** Le lendemain, sa sage-femme décide de la faire hospitaliser. Elle se retrouve avec sa fille dans l'unité mère-enfant de l'hôpital du Kremlin-Bicêtre, où elle va passer 9 semaines. ***« Ils nous prennent en charge au niveau psychiatrique et au niveau des soins, de la relation avec notre enfant. On vit dans un cocon***[8]. »

Cette période d'hospitalisation lui a permis de reprendre pied tout en préservant sa relation avec sa fille. À ce jour, moins d'une vingtaine d'unités spécialisées dans les difficultés maternelles existent en France. Le secrétaire d'État à la protection de l'enfance, Adrien Taquet, a récemment annoncé la création de 11 nouvelles unités d'hospitalisation et de 15 équipes mobiles destinées à rendre visite à domicile à des mères en souffrance.

---

8. *In* LMDM.

## UN MOIS D'OR… OU 2, OU 3, OU PLUS SI BESOIN

Céline Chadelat, psychologue, et Marie Mahé-Poulain, journaliste, ont eu la bonne idée de mettre à l'honneur une pratique ancestrale chinoise, le « mois d'or [9]». Elles invitent les jeunes mamans à vivre pleinement cette période qui suit l'accouchement en se préservant de tous les écueils suivants : la fatigue, le fantasme de la perfection, le sentiment de culpabilité et l'isolement. Pour cela, il s'agit d'anticiper, de mobiliser leur conjoint et leurs proches afin que ceux-ci puissent être disponibles pour prendre soin d'elles et/ou de leur nouveau-né. Petits plats, repos, mais aussi massages, yoga, méditation, soins du périnée… Tout ce qui peut faire du bien à la mère à ce moment-là fera du bien à l'enfant. Pour l'une, comme pour l'autre, c'est un investissement à long terme, qui reste, il est vrai, soumis à la compréhension d'un entourage bienveillant.

Traditionnellement, le mois d'or peut se prolonger jusqu'à 40 jours. Ou beaucoup plus encore si le besoin de se ressourcer se faire sentir. La période du post-partum est ainsi appelée parfois « 4$^{e}$ trimestre de la grossesse » par les sages-femmes, tandis que la sagesse populaire évoque les « 9 mois pour faire un enfant et 9 mois pour le défaire ». Dans La Maison des Maternelles, Anna Roy, de son côté, estime que cette période peut parfois durer 3 ans : « Vous vous inscrivez dans un temps long et il n'y a pas à se culpabiliser si, même 2 ans après votre accouchement, vous êtes toujours aussi fracassée que 2 mois après la naissance de votre bébé. » Après tout, pourquoi pas ? Quand on comprend que cet événement de premier plan, la naissance, ne se reproduit qu'une, deux ou trois fois, la plupart du temps, dans une vie de femme. Exigez votre mois d'or !

9 *Le mois d'or – Prendre soin de soi et de son bébé après l'accouchement*, Éditions Marabout, 2019.

## Burn-out parental : le mal du siècle ?

Subir un stress chronique à tel point qu'il devient impossible de faire face aux tâches qui nous incombent... Dans la sphère professionnelle, tout le monde connaît aujourd'hui le terme de « burn-out », un anglicisme qui renvoie au verbe *to burn out* : « griller (pour une prise ou un circuit électrique) ou s'étendre (pour le feu) ». Depuis quelques années seulement, le terme s'applique aussi à la parentalité et à sa réalité quotidienne. Préparer les repas, aller chercher les enfants à l'école ou à la crèche, s'occuper du linge, des devoirs, du coucher... en plus du reste : cette accumulation de tâches peut aussi aboutir à un épuisement de la mère ou du père qui, à un moment donné, n'arrive plus à supporter ses enfants et va jusqu'à essayer d'éviter leur présence.

Depuis 2015, ce syndrome est au cœur de la recherche de deux psychologues de l'Université catholique de Louvain, en Belgique, Moïra Mikolajczak et Isabelle Roskam. Au départ, celles-ci se sont aperçues que, de plus en plus souvent, le mal-être de parents, dont les enfants allaient par ailleurs très bien, était au cœur des consultations. « Je n'en peux plus ! », « Je suis au bout du rouleau ! » : telle était la plupart du temps la plainte exprimée – mais non expliquée – par les patients. La souffrance touchait des parents d'enfants de tout âge et, contrairement à la dépression du post-partum, ne présentait pas toujours de lien avec les conditions de la grossesse ou de la naissance. « Cette sensation d'être dépassée ne touchait pas forcément des mamans solos ou des mères qui travaillaient. Au contraire, le travail semblait plutôt avoir un effet protecteur contre ce burn-out parental, explique Moïra Mikolajczak. Le seul point commun entre ces patientes était un déséquilibre manifeste entre les ressources personnelles et les facteurs de stress qui sont multifactoriels, d'origine interne ou externe : « Ils peuvent aller de la fatigue liée à la vie avec un enfant en bas âge ou un ado, à la maladie, la perte d'emploi ou les problèmes de couple, mais également avec une volonté d'être un parent parfait. »

## UNE DISTANCIATION AFFECTIVE AVEC LES ENFANTS

Le syndrome, qui touche majoritairement les mères, mais aussi de plus en plus souvent les pères, se caractérise par 4 facettes :
- un épuisement physique et émotionnel ;
- une perte de plaisir dans le rôle de parent ;
- une distanciation affective avec les enfants ;
- « un contraste entre le parent qu'il était et le parent qu'il est ou entre le parent qu'il est et celui qu'il voudrait être », poursuit la psychologue.

Une étude menée par l'Université catholique de Louvain auprès de 17 000 parents dans 42 pays a permis de montrer un taux d'incidence du burn-out parental de 8 % en Belgique, aux États-Unis ou en Pologne, tandis qu'il était quasiment nul en Thaïlande ou en Turquie. En France, il se situait à 5,5 % dans la moyenne haute. « On voit bien que le syndrome touche les pays les plus individualistes, où l'on est très seul pour élever des enfants, eux aussi devenus plus individualistes et plus exigeants. C'est aussi probablement une conséquence du courant de l'éducation positive, largement diffusé dès les années 2000, qui a permis d'intégrer la notion de bienveillance en oubliant le cadre et les limites », analyse Moïra Mikolajczak, qui évoque aussi les effets néfastes des réseaux sociaux où l'on expose le « meilleur de sa vie », alimentant ainsi l'idéal inatteignable de perfection parentale. Le burn-out maternel ou parental est-il un mal du siècle ? Beaucoup de choses tendent à le penser. Ainsi, l'Université catholique de Louvain est allée interroger 450 personnes âgées en maison de retraite sur leur expérience de la parentalité. Seul 1 % des questionnaires correspondait à un vécu du burn-out parental, soit l'équivalent des résultats obtenus en Afrique. « Les parents subissent une pression inédite. En courant après un modèle de perfection, ils creusent leur propre tombe », estime Isabelle Roskam dans *Le Monde*[10].

Comme la dépression du post-partum, le burn-out parental est source de culpabilité et s'exprime difficilement, à plus forte raison les difficultés éprouvées vis-à-vis des enfants. Quand le fils d'Élise est né, tout allait très bien jusqu'à ce qu'elle reprenne son travail d'infirmière au bout 5 mois. Elle a alors 40 minutes de trajet pour se rendre à l'hôpital. Souhaitant poursuivre l'allaitement, elle tire son lait dans la journée et donne le sein à son bébé la nuit. Avec le temps, la jeune femme se sent de plus en plus fatiguée et démotivée :

10 Interview du 20 février 2021.

*« J'ai commencé à sentir un détachement affectif vis-à-vis de mon fils. Ça devenait une corvée de m'occuper de lui – même si je continuais à l'allaiter et à lui faire des petits pots maison. J'avais besoin de dormir. Quand il pleurait, je m'isolais dans ma chambre et j'attendais que ça passe. J'avais seulement envie d'être seule ou avec des amies avec lesquelles je pouvais parler d'autre chose que d'enfants... Mon entourage ne se doutait de rien. J'arrivais à donner le change. »*

**Élise** s'est décidée à consulter un médecin après avoir lu le livre de Moïra Mikolajczak et Isabelle Roskam (*Le burn-out parental – L'éviter et s'en sortir*, Éditions Odile Jacob, 2017) et le témoignage de Stéphanie Allenou (*Mère épuisée*, Éditions Les liens qui libèrent, 2011).

## UNE SENSATION SOUDAINE D'ÉPUISEMENT

De son côté, Eva s'est sentie très fatiguée « mais pas déprimée » à la naissance de ses jumeaux. Idem à la naissance du 3e enfant, 18 mois plus tard. Elle reprend le travail et garde la forme jusqu'à ce qu'elle éprouve un jour un symptôme grippal et une sensation soudaine d'épuisement :

*« Je sentais que ça « tirait » de plus en plus. Je suis devenue violente verbalement avec mes enfants. Je n'avais plus de patience, plus d'empathie. Ils étaient devenus des problèmes à gérer. Quand l'un d'eux tombait, je me disais : "Oh la la, il va encore falloir aller le ramasser." Un jour, j'ai vu la peur dans les yeux de mon fils de 3 ans que j'avais poussé contre le mur et je me suis dit que ça ne pouvait plus durer. »*

La jeune maman cherche de l'aide sur Internet, entre en contact avec l'association Maman Blues[11], qui lui donne

11 www.maman-blues.fr.

des contacts de psys et l'aide à mettre un mot sur son mal-être. *« Heureusement que mon problème a été pris à temps, car j'aurais pu basculer dans la violence physique avec mes enfants »*. Si la thérapie réussit à aider **Eva**, elle estime avoir mis 4 ans à *« sortir du tunnel »* et a encore vécu des passages difficiles :

*« J'arrive à gérer une chose à la fois, mais si 3 ou 4 problèmes se superposent, ça ne va plus. Par exemple, la dernière fois, j'ai craqué, car je n'arrivais pas à assumer en même temps la rentrée des classes, les poux et les travaux à la maison ! Souvent, je rêve d'une doula qui me prenne dans ses bras. »*

Pour venir en aide aux parents, l'Université catholique de Louvain a ouvert un centre de consultation qui leur est dédié. Le burn-out parental y fait l'objet d'une prise en charge spécifique – ce qui est encore très rare en France –, le but étant de rééquilibrer la balance entre les ressources propres au parent et les sources de stress. Des propositions concrètes de réorganisation de leur vie quotidienne sont souvent formulées : mise en place de routines, appel aux grands-parents ou au baby-sitting, redéfinition d'un cadre éducatif « limité, ajusté et nuancé », expliquent les 2 psychologues.

Pour la naissance de son 2e enfant, **Élise** a ainsi pu prendre les devants :
*« J'ai choisi d'accoucher en maison de naissance avec une sage-femme en qui j'avais toute confiance. Grâce à elle, je n'ai eu aucun complexe à accepter l'aide de ma mère et de ma belle-mère et à exprimer mes difficultés. Avec ma fille, ça se passe tellement bien que j'ai même envie de prendre un congé parental, ce qui était hors de question avec mon aîné ! »*

## L'EFFET LOUPE DE LA PANDÉMIE

Récemment, la pandémie de Covid-19 a permis de faire sortir le burn-out maternel et parental du tabou. À Louvain, une ligne d'urgence mise en place en mars 2020 a totalisé plus de 700 appels de parents au bout du rouleau en 2 mois et demi. En France également, le succès remporté par les différents numéros verts (Enfance et Covid, Allo Parents en crise, Les Pâtes au Beurre, etc.) a démontré l'urgence du soutien à la parentalité, notamment, en période de confinement. Un effet loupe qui se révélera peut-être salutaire.

## Une vraie place pour le père

La mesure était attendue depuis bien longtemps. À compter du 1er juillet 2021, la durée du congé de paternité en France a doublé, pour passer à 28 jours indemnisés (3 jours de congé de naissance rémunérés par l'employeur + 25 jours de congé de paternité, pris en charge par la Sécurité sociale). Ce congé peut être pris de façon fractionnée jusqu'aux 6 mois de l'enfant et, fait important, les 7 premiers jours qui suivent la naissance deviennent obligatoires.

Pour la commission des « 1 000 premiers jours » de l'enfant, cette avancée est hautement symbolique. On n'attend plus seulement du père une participation aux soins du nouveau-né, mais une présence à part entière, à ses côtés, dès le début de la vie. Le bénéfice pour le bébé d'avoir d'une 2e figure d'attachement – le père, le co-parent dans le cas d'unions homosexuelles, ou la personne qui vit avec la mère sans pour autant être le père de l'enfant – est enfin reconnu. « Les mères et les pères ont des rôles et des relations différenciées et complémentaires. Les mères sont perçues comme apportant du réconfort et de la réassurance au bébé, tandis que les pères sont perçus comme jouant un rôle important dans l'ouverture et l'exploration du monde extérieur », explique le rapport de la commission Cyrulnik.

L'allongement du congé de paternité est immédiatement apprécié par les premiers concernés : « Je vois beaucoup de jeunes pères qui me font des signes et qui me disent qu'ils découvrent un nouveau monde, qui était le monde des femmes, et le bonheur d'aimer. Ce qui est l'une des raisons essentielles d'être sur Terre, indique Boris Cyrulnik dans *La Maison des Maternelles*. Et depuis que les hommes prennent leur place, les dépressions maternelles diminuent et les enfants acquièrent plus d'attachement sécure. »

## 16 SEMAINES DE CONGÉ DE PATERNITÉ EN ESPAGNE !

Il s'agissait pour la France de rattraper un retard manifeste par rapport à bon nombre de ses voisins européens. Ainsi, l'Espagne bénéficie de 16 semaines, soit 112 jours, de congé de paternité. Autre référence incontournable, mais plus difficile à mettre en vis-à-vis : les pays du nord de l'Europe qui proposent un système avantageux de congés parentaux, longs de plusieurs mois à plus de 1 an, à répartir entre la mère et le père. Ainsi en Suède, le père doit prendre au moins 90 jours de congé sur un total de 470 jours. En Norvège, il peut s'arrêter, dans de bonnes conditions financières, entre 15 et 19 semaines. Il s'agit bien là d'une déferlante : en 2016, la moitié des pays de l'OCDE proposait un congé de maternité ou parental d'au moins 43 semaines.

Pour s'aligner, la commission des « 1 000 premiers jours » avait demandé au gouvernement d'accorder 9 semaines de congé de paternité indemnisé. Mais n'en a finalement obtenu que moins de la moitié. Un bon début ? Pour sa part, Ali souhaite voir le verre à moitié plein. En octobre 2021, le trentenaire a vécu une parenthèse enchantée grâce à son congé de paternité de 1 mois :

*« Pour mon fils aîné, je n'avais pas pu rester à la maison plus de 1 semaine. Mon rôle s'était limité à donner un coup de main à ma femme, à faire quelques courses et un peu de ménage. Le bébé, je le changeais et je lui ai donné le bain, mais sans avoir vraiment le temps de faire connaissance avec lui. Cette fois, avec ma fille, j'ai pu prendre mon temps. J'avais plus confiance en moi, car plus de pratique. J'ai passé de longs moments en tête à tête avec elle, à la voir s'éveiller. Tout m'a paru facile, normal. Le plus dur a été de reprendre le travail. Je serais bien resté 1 mois ou deux de plus à la maison… »*

Reste à savoir si l'adhésion des jeunes pères au congé de paternité suivra au-delà des 7 jours obligatoires. Depuis 20 ans, le ratio plafonne à 7 sur 10. Travailleurs indépendants, commerçants, restaurateurs, agriculteurs... beaucoup de professionnels passent à travers les mailles du filet, invoquant un trop fort manque à gagner s'ils s'arrêtent de travailler.

Dans la logique du parcours des « 1 000 premiers jours » de l'enfant, l'implication des pères dès la grossesse est encouragée. Ils sont de plus en plus nombreux à aspirer à une vraie place, le plus tôt possible.

Avant d'avoir son premier enfant, **William**, papa de **Léonard**, 2 ans et demi, et de **Louise**, 1 mois, se projetait plutôt en père d'un enfant de 5-6 ans, mais ne se sentait pas prêt à s'occuper d'un bébé. Si l'haptonomie l'a aidé à « faire partie du trio », la rédaction conjointe avec sa compagne d'un projet de naissance lui a permis de s'impliquer dans l'accouchement. *« On disait souvent : on a accouché. »* Les moments qui ont suivi la naissance ont été un peu plus compliqués à vivre : *« Et maintenant, c'est comme si je me sentais inutile. Sur le moment, mon fils était sur ma femme et tout allait bien. Ils n'avaient pas besoin de moi et je ne voulais pas non plus tirer la couverture à moi en disant : "C'est mon fils, donne-le moi." Je savais qu'il avait besoin de téter et que ce sont des moments qui sont très importants*[12]. »
**William** quitte alors la chambre et se confie à une sage-femme qui lui conseille de faire du peau à peau, une expérience qui sera pour lui une révélation : *« C'était un moment très fort. Je ressentais sa chaleur, ses petits ongles qui venaient s'agripper naturellement à moi. C'était très animal comme moment. Je pense que ça m'a vraiment connecté en tant que père*[13]. »

Même ressenti pour **Alex** qui a pu tout de suite prendre sa fille en peau à peau après sa naissance, sa maman devant recevoir des soins suite à une hémorragie. *« Je me suis vraiment senti utile. Je parlais à Zoé, lui disait que sa maman pourrait bientôt la serrer elle aussi dans ses bras. Je me suis senti fondre d'amour, ce qui ne se serait peut-être pas passé tout de suite si le bébé était resté dans sa couveuse*[14]. »

12 *In* LMDM.

13 *Ibid*

14 *Ibid.*

Comme c'est le cas dans les pays d'Europe du Nord, la question de prendre ou de ne pas prendre le congé de paternité ne devrait plus se poser. Un changement de mentalité semble encore nécessaire dans notre pays. En France, le regard sur les « nouveaux » pères – qui sont appelés ainsi depuis 40 ans ! – reste parfois un peu condescendant. La spécificité et l'utilité du « paternage » au début de la vie sont toujours minimisées, alors que les bénéfices de l'altérité ne sont plus à démontrer.

## PAPAS EN SALLE DE NAISSANCE : VIVE LE PEAU À PEAU !

- 96 % des papas ont accompagné leur compagne à au moins un rendez-vous médical pendant la grossesse (99 % à l'échographie) ;
- 91 % ont participé à l'accouchement (dont 15 % se sont sentis « un peu obligés » de le faire) ;
- 22 % d'entre eux auraient aimé qu'on leur accorde une place plus importante le jour J ;
- 68 % ont compris tout de suite qu'ils étaient pères ;
- 70 % ont fait du peau à peau avec leur bébé (90 % d'entre eux disent que cela leur a permis de créer un lien avec leur bébé).

Étude réalisée par La Boîte Rose pour *La Maison des Maternelles*, en avril 2021 auprès de 2 315 jeunes parents.

## ALLEZ LES PAPAS, TENEZ BON !

« On se demande aussi si les fameux "nouveaux pères", "papas poules" ou "pères kangourous" ne constituent pas un épiphénomène, une sorte de gadget éphémère qui manque totalement de consistance, comme s'il s'agissait d'un phénomène de mode », s'insurge Christine Castelain-Meunier qui étudie la place du père depuis 1988. Dans son ouvrage *L'instinct paternel – Plaidoyer en faveur des nouveaux pères*[15], la sociologue explique aussi qu'aujourd'hui, « être un père impliqué n'est pas si facile, c'est même un parcours semé d'embûches, et les obstacles pour y parvenir sont nombreux. Les freins sont multiples, tant les conceptions antérieures de la virilité, de la filiation, du masculin, du féminin, des différences entre les hommes et les femmes, des besoins économiques, éducatifs s'opposaient et s'opposent encore aux conceptions de la paternité contemporaine ». Les blocages subsistent et les pères ne sont pas encore parvenus au bout de leur longue marche. Il faudra peut-être plus de 28 jours de congé de paternité pour déconstruire le schéma du père forcément absent, mais seul garant de l'autorité. La redistribution des fonctions parentales, propre à chaque couple et à chaque famille, se poursuit lentement mais sûrement. D'où l'importance que les pères cessent d'être considérés comme des « mamans bis » ou, pire, comme de simples « assistants » de parentalité.

15 Éditions Larousse, 2019.

## « TOUT ÉVOLUE TRÈS VITE ! »

« C'est une énorme chance de pouvoir être père aujourd'hui et de ne plus être seulement une figure d'autorité. Les choses évoluent très vite. Déjà par rapport à la naissance de ma première fille, il y a 10 ans, je constate un changement. Un père peut plus facilement revendiquer de tisser des liens avec son bébé, lui dire qu'il l'aime. Une révolution est en marche, même s'il y a encore du boulot pour nous aider à exprimer nos émotions, nos doutes, notre culpabilité. Depuis 1 an ou deux, j'entends des hommes évoquer, entre eux, leurs interrogations de parent, même les plus courantes : « Est-ce qu'il peut manger ça ? » ; « Est-ce qu'il faut le couvrir un peu plus ? », etc. Ce qui ne nous empêche pas d'avoir des rôles bien différenciés à la maison avec nos compagnes (ou compagnons). L'important, c'est de s'organiser intelligemment, en couple, sur la répartition des tâches à accomplir en fonction des goûts et de l'emploi du temps de chacun. Et pas forcément de chercher à faire systématiquement du 50/50. J'aime bien l'idée d'être « co-parent » et pas « maman bis ». Le bébé a tout à gagner à cette différenciation, à ces comportements qui changent vis-à-vis de lui. Vingt-huit jours de congé de paternité, c'est bien, même si on peut mieux faire. Je pense qu'un autre verrou sautera une fois que les femmes obtiendront le même niveau de salaire que les hommes et qu'ils pourront partager équitablement les congés parentaux. »

BENJAMIN MULLER, PAPA DE 3 ENFANTS, JOURNALISTE ET CHRONIQUEUR À LA MAISON DES MATERNELLES

Se retrouver seul aux manettes avec leur enfant est souvent bénéfique. Et c'est tout l'intérêt des congés parentaux, partagés équitablement entre mère et père, qui se sont imposés dans les pays scandinaves.

*« Quand j'ai été en congé parental, j'ai compris que c'était à moi de prévoir le menu du repas du soir, de programmer les vaccins et d'assurer l'intendance de la maison pendant que ma femme travaillait. La paternité, ce n'est pas seulement gazouiller avec son bébé et le promener en porte-bébé kangourou, c'est un tout »*, constate **Gauthier**, papa de 3 enfants.
Pour lui, son implication dans la vie de famille est allée crescendo au fil des naissances. Son épouse et lui ont dû s'adapter : *« Elle a accepté de lâcher sur certaines choses, et moi, à me responsabiliser sur d'autres. »* Le partage des tâches ménagères et familiales ne peut être équitable qu'à condition de partager aussi la « charge mentale » qui va avec (voir encadré p. 170).

## RECONNAÎTRE LE « DADDY BLUES »

Une fois confortés dans leur rôle, les pères ne vont-ils pas à leur tour connaître les affres du doute, de la culpabilité et des périodes de vulnérabilité psychiques jusqu'ici associés aux mères ?.... De plus en plus de jeunes papas disent avoir vécu un « daddy blues » dans les jours qui ont suivi la naissance de leur enfant, sans que cette donnée ne soit encore médicalement reconnue. De même, dans un sondage récent (OpinionWay, août 2021), 18 % des pères interrogés reconnaissaient avoir connu un « épisode dépressif » après avoir eu un bébé contre 30 % des mères.

Tout comme sa compagne, **Aurèle** s'est senti perdu face aux pleurs incessants de leur petite fille la nuit et aux difficultés rencontrées pendant l'allaitement. *« Quand je la prenais dans mes bras, au début, elle se débattait beaucoup et se calmait au bout d'un long moment. J'avais du mal à la sentir tendue dans mes bras, alors que j'étais là pour la rassurer. C'était difficile, je me demandais ce que j'étais pour elle*[16]. » Le jeune papa garde ses doutes pour lui jusqu'à craquer, une nuit, épuisé par le manque de sommeil : *« Il y a une fois où ça n'allait plus du tout où je dormais auprès d'elle et c'est là que je me suis retrouvé, en fait, à hurler, à taper dans le mur, à n'en plus pouvoir. Parce que je me sentais incapable de m'occuper d'elle, de la satisfaire. »*

Des paroles que l'on n'a pas l'habitude d'entendre dans la bouche d'un homme et qui, pourtant, traduisent un sentiment plus fréquent qu'on ne l'imagine. Selon le Dr Romain Dugravier, pédopsychiatre invité à *La Maison des Maternelles*, la dépression paternelle concernerait aujourd'hui 1 père sur 10. « Chez les pères, cela va plus s'exprimer par des douleurs chroniques. Ils vont aller voir leur médecin généraliste, somatiser, être débordés au travail, etc. », estime le praticien favorable à une sensibilisation des professionnels à cette question encore tabou.

Comme les mères, les pères se sont mis à poursuivre un idéal de perfection et, forcément, à douter d'eux-mêmes.

*« J'ai arrêté de croire que j'étais un mauvais père,* déclare le rappeur **Damso**[17]. *Je l'ai cru pendant longtemps, et cela m'a bouffé, rongé à un niveau inimaginable. C'est la pire des douleurs. J'ai compris qu'il n'y avait pas qu'une manière d'être père. »*

16 *In* LMDM.
17 Le Monde, 9/1/2021.

Confrontés à des enjeux qu'ignoraient les générations précédentes, les pères commencent à peine à exprimer leur désarroi. Les y encourager peut les aider, comme c'est le cas pour les mères, à prendre confiance en leur savoir-faire.

## LA PARENTALITÉ : UN NOUVEL ENJEU FÉMINISTE ?

« Un enfant si je veux, quand je veux ! » Dans les années 1970, les combats féministes, revendiquant le droit à la contraception et à l'avortement, étaient plutôt fondés sur le refus de la maternité. La dimension « un enfant comme je veux, et dans les meilleures conditions » est apparue bien plus tard avec la nouvelle vague de militantisme, plus universelle, touchant toutes les sphères de la vie publique (parité en politique, égalité salariale, lutte contre les violences faites aux femmes, etc.) et/ou privée (partage des tâches ménagères, corps et sexualité, éducation, genre, etc.). Des associations, comme Osez le féminisme ! ou La Barbe, symbolisent le renouveau du mouvement dans les années 2010. En France, comme dans le monde, de plus en plus de femmes et d'hommes se disent féministes. C'est le cas de 68 % des Françaises et de 46 % des Français, selon un sondage récent[18], et de 76 % des jeunes femmes âgées de 25 à 34 ans.

Dans la presse, les podcasts et sur les réseaux sociaux, de nombreuses voix soulignent que, dès la naissance – parfois même dès la grossesse –, la parentalité est source d'inégalités entre les hommes et les femmes. C'est le partage d'expériences autour du post-partum entre plusieurs jeunes mamans qui a précédé la création du collectif Parents & Féministes en 2019. « Nous étions en colère, indignées d'avoir vécu cette période dans des conditions d'isolement et d'épuisement extrêmes. Rien n'était

18 Harris Interactive, avril 2018.

pensé socialement pour nous accompagner dans cette entrée dans la parentalité », raconte Amandine Hancewicz, présidente de l'association Parents & Féministes qui informe et milite sur les questions d'égalité entre les mères et les pères et entre les filles et les garçons, pour une « enfance sans sexisme ». Des groupes de parole, réservés aux femmes, sont créés à Rennes et à Paris, « afin de pouvoir déposer de façon sereine ce qu'on a sur le cœur ». L'association participe à des campagnes en faveur de l'allongement du congé de paternité, considéré comme un levier indispensable pour l'égalité. Elle juge décevante et insuffisante la réforme engagée en 2021 qui porte le congé de paternité à 25 jours (en plus des 3 jours de congé de naissance) : « Le premier congé de paternité mis en place il y a 20 ans, n'avait rien changé et celui-là ne changera pas grand-chose non plus », estime Amandine Hancewicz. Comme d'autres organisations féministes, l'association espère toujours voir un congé de coparent équivalent d'une durée au moins égale au congé de maternité, avec une période obligatoire conséquente.

## Le couple à l'épreuve de la parentalité

La crise du couple est un autre écueil du devenir parent. L'arrivée d'un premier enfant est une période réputée extrêmement sensible à laquelle, pourtant, les conjoints peuvent difficilement se préparer. Repoussant sans cesse l'âge de fonder une famille, les trentenaires « profitent » au préalable d'une vie de couple facile à idéaliser. L'un et l'autre sont entrés dans la vie professionnelle et bénéficient d'un pouvoir d'achat qui leur permet souvent sorties, loisirs et voyages. Faire un bébé apparaît alors comme la consécration d'un amour déjà consolidé qu'aucun vilain nuage ne semble pouvoir menacer.

Difficile dans ces conditions d'envisager les zones de turbulence traversées par de jeunes amants qui deviennent parents. La crise nécessaire pour passer d'un équilibre à un autre, et qui a vraisemblablement toujours existé, est d'autant plus vive aujourd'hui que le couple est confronté aux difficultés liées à la parentalité contemporaine : isolement, manque de transmission et de soutien familiaux, attente très forte de bonheur et quête d'un idéal de famille modèle, véhiculé par les médias et les réseaux sociaux. « Autrefois, l'enfant cimentait le mariage, et les aléas de la vie conjugale faisaient partie du contrat. En cas de désaccord ou d'infidélité, on ne se plaignait guère, puisqu'on était, disait-on "mariés pour le meilleur et pour le pire". Il n'y avait ni lieu ni temps pour l'expression des états d'âme et encore moins pour des ruptures que l'ordre social et les contraintes économiques interdisaient », expliquent Bernard Geberowicz, psychiatre et thérapeute familial, et Colette Barroux dans un ouvrage qui a fait date (Le Baby-clash – Le couple à l'épreuve de l'enfant – Albin Michel, 2005), puisqu'il nommait les désordres liés à cette entrée dans la vie de parents : le baby-clash. Un mot qui claque et qui en dit long. À une époque où 20 % des unions, de tous types confondus, se soldent par un divorce ou une séparation dans les 5 ans qui suivent le début de la cohabitation (INSEE).

## ON S'AGACE, ON NE SE COMPREND PLUS

Sans pour autant avoir vécu de rupture, bon nombre de jeunes parents estiment qu'ils n'en sont pas passés loin. Confrontés à l'immense fatigue qui suit une naissance et ces nuits sans sommeil et aux tensions du quotidien, même les conjoints les plus unis risquent de connaître leurs premiers vrais conflits. « Si, pour beaucoup de couples, la négociation fondée sur l'empathie et l'écoute de l'autre permet de surmonter les crises, lorsque le bébé survient, elle ne suffit pas toujours tant les motifs de mini-crises, d'agacements, d'exaspérations et d'angoisses sont multiples. Et la personne même du bébé n'y est pas pour grand-chose », notent encore Bernard Geberowicz et Colette Barroux.

*« J'ai eu tout à coup l'impression de vivre avec quelqu'un d'autre. Je trouvais Émile, plein de bonne volonté mais aussi de maladresse. Tout m'agaçait chez lui : quand il tardait à se lever la nuit, quand le bébé pleurait et que c'était pourtant ce que nous avions convenu, quand il oubliait la moitié des courses, quand il disait « qu'est-ce qu'on fait ce week-end ? » alors que j'étais au bout du roul'… »* Pour **Emma** et son conjoint le clash a fini par avoir lieu le jour où ce dernier a lâché cette phrase – tandis qu'elle se plaignait des difficultés de l'allaitement : *« Tu te victimises toujours ! »* La réaction de la jeune femme a été très vive et le couple ne s'est plus adressé la parole pendant 48 heures[19].

---

19 *In* LMDM.

Pour **Anne-Sophie** et **Jérémie**, le baby-clash s'est soldé par une rupture quand leur fils aîné a eu 6 mois : ***« Estéban était un bébé qui pleurait énormément, il avait un reflux gastro-œsophagien. […] On était de plus en plus fatigués, de plus en plus à cran. La fatigue entraînait les conflits. Les conflits entraînaient les reproches et les reproches entraînaient la rancœur. »*** Avec le recul, la jeune femme estime qu'à respectivement 21 et 26 ans, elle et son compagnon étaient surtout ***« très jeunes mentalement, absolument pas prêts à ce joli chamboule-tout ».*** Finalement, après 3 ans et demi de séparation, le couple a pu reprendre la vie commune plus sereinement et avoir, par la suite, un second enfant, sans pour autant vivre un second baby-clash[20].

Si la fatigue et le manque d'équité dans le partage des tâches – et de la charge mentale qui va avec – sont fréquemment identifiés comme les principales sources de conflit, le trouble est souvent plus profond. « Il faut être dedans pour le vivre, pour voir à quel point on est bouleversé par ce petit bout de chou qui est là, bouleversé jusqu'au plus profond de soi, de son inconscient », commente Serge Hefez, psychiatre dans *La Maison des Maternelles*. Au moment de devenir parent, chacun doit renoncer définitivement à être un enfant. Pour trouver sa place, on se réfère à ses figures d'identification, son propre père ou sa propre mère. On se cherche, chacun de son côté et parfois, on a du mal à se reconnaître l'un l'autre. L'intervention d'un tiers, d'un psychothérapeute, peut parfois être utile pour comprendre ces remaniements intimes.

20 Ibid.

## LIBIDO, Y ES-TU ?

Au sein du couple, le réajustement nécessaire après une naissance se fait d'autant plus difficilement qu'il reste longtemps malaisé de se retrouver sexuellement. Entre le corps, parfois meurtri, de la femme en post-partum et la libido qui peut jouer à cache-cache chez l'un ou l'autre, la reprise de la vie amoureuse peut prendre plusieurs mois – et non pas toujours « entre 4 et 6 semaines », comme on l'entend encore souvent affirmer – sans qu'il y ait lieu de s'inquiéter, selon les professionnels de la naissance – mais ceci inquiète forcément un petit peu sur le moment…

*« Le jour où j'ai eu envie à nouveau envie de faire l'amour, mon compagnon ne se sentait pas prêt. Je l'ai bien senti et je n'ai pas insisté. J'ai eu peur qu'il n'ait plus envie de moi avec ces kilos en trop et mon ventre flasque,* confie **Marine** qui s'avoue impressionnée, et découragée, par les silhouettes irréprochables arborées par de célèbres instagrameuses quelques semaines après leur accouchement. *J'en ai parlé à ma sage-femme qui est devenue une amie. Elle m'a rappelé une chose très juste : ce n'est pas le bébé qui fait le couple, mais l'inverse. Il fallait reprendre le cours d'une histoire d'amour qui avait commencé bien avant la grossesse et l'accouchement. »* Avec son conjoint, elle décide de suivre le précieux conseil de se réserver « du temps pour soi ». Pour s'autoriser quelques soirées en amoureux, la belle-mère, le petit-cousin et les baby-sitters sont appelés à la rescousse, sans plus de complexe. Et sans (trop) de culpabilité.

« Nombreux sont, par exemple, les couples qui, à l'arrivée de leur premier enfant, ouvrent la porte de leur chambre afin de répondre aux sollicitations du bébé, mais oublient ou ignorent qu'un jour, il faudra la fermer. Plus qu'une cloison, c'est une frontière symbolique entre les générations qu'il est important de signifier ainsi », note Annie de Butler[21]. Une fois encore, le droit d'exprimer son ambivalence face à un enfant tellement désiré, tellement aimé, paraît essentiel pour évacuer bien des frustrations et bien de l'anxiété.

## LA CHARGE MENTALE, LA DOUBLE PEINE POUR LES FEMMES

À elles seules, les femmes réalisent 72 % des tâches ménagères, 65 % des tâches parentales et effectuent, en moyenne, une 1 h 30 de travail quotidien en plus que leur conjoint[22]. Selon un récent sondage[23], 73 % des femmes interrogées considèrent que ce sont bien elles qui en font le plus à la maison. Non seulement la situation stagne depuis 2003, selon l'Observatoire des inégalités, mais nous venons à peine de comprendre que ces dysfonctionnements relatifs au partage des tâches ne représentent qu'une partie émergée de l'iceberg.

Réveiller les enfants et habiller le plus petit, préparer le petit-déjeuner, prendre rendez-vous chez le pédiatre, faire réparer le robinet qui fuit, acheter de nouvelles chaussures à l'aîné, passer au supermarché, à la pharmacie, à la boulangerie, ne pas oublier d'avaler sa pilule contraceptive à 20 heures, etc. Avant même de réaliser toutes ces activités qui rythment la vie familiale, il faut tout décider, anticiper, planifier. Mais aussi en vérifier la bonne exécution et en assurer le suivi. Le fait de devoir penser à tout, tout

21 *Dialogue*, Éditions Erès, 2002.
22 INSEE, 2012.
23 IFOP, 2019.

le temps (à la maison, au travail et même la nuit !), sans pouvoir suffisamment partager cette responsabilité, c'est bien ça, la fameuse « charge mentale ».

Apparue dans les années 1980, cette notion est restée confidentielle jusqu'à ce que la dessinatrice féministe Emma ne la popularise à travers une bande dessinée (*Fallait demander*[24]), publiée dans son blog en 2017. Au commencement était une histoire de couple que raconte Emma à *La Maison des Maternelles* : « La charge mentale était un sujet de conflit permanent chez nous, parce que je n'arrêtais pas de dire « Je suis fatiguée » et mon conjoint répondait « Mais je t'aide ! » Drôles et hyperréalistes, les planches d'Emma font mouche et la BD devient virale en quelques jours. Les femmes comprennent qu'en plus d'être corvéables à merci, elles sont aussi bombardées « chefs de projet » de la vie familiale, tandis que leur conjoint se contente d'être un simple exécutant, qui attend les ordres et consignes.

S'il est impossible de quantifier le temps de cerveau rendu disponible pour la « charge mentale », il est clair que cette donnée déséquilibre encore plus la balance entre femmes et hommes. S'en suit un cercle vicieux que décrit Frédérique Corre-Montagu[25] : « Pour ne rien arranger, comme l'essentiel de son travail est invisible, les mérites de la maman ne sont que trop peu soulignés, ce qui, là encore, ne fait qu'accroître son sentiment d'injustice et sa rancœur. » Pour éviter de voir peu à peu se miner la relation de couple, l'auteure conseille aux femmes, pour commencer, de tirer la sonnette d'alarme sur le poids de la charge mentale. Et de mettre au point, en couple et en famille, un plan d'attaque pour mieux la répartir entre les uns et les autres. On n'a rien à perdre à essayer !

---

24 emmaclit.com.

25 *La charge mentale – Se répartir les tâches en famille pour un quotidien plus serein*, Hatier, 2019.

# UNE SOCIÉTÉ INADAPTÉE aux parents d'aujourd'hui

## Concilier vie familiale/vie pro : mission impossible ?

À l'impossible nulle n'est tenue. C'est ce que ne cessait de se répéter Arielle depuis son retour de congé de maternité. Cadre dans une agence de publicité, elle a d'abord fait comme elle avait toujours fait : viser la performance sur tous les fronts. C'est-à-dire redevenir aussi dynamique et créative qu'avant, au bureau, tout en restant la maman aimante et disponible du petit Firmin qu'elle était devenue quelques semaines plus tôt. Trois mois plus tard, la jeune femme a dû se rendre à l'évidence : elle frisait le burn-out, tandis que son insatisfaction s'installait aussi bien côté privé que côté pro.

*« J'ai suivi les conseils que donnent tous les psys aujourd'hui, avec les encouragements de mon conjoint, j'ai lâché prise. Mais de façon équitable, et sur les deux tableaux. À la maison, j'ai accepté de remettre au lendemain des tâches secondaires (comme la lessive, les courses ou la paperasse...). À l'agence, je me suis appliquée à être moins perfectionniste, à viser le 15/20 plutôt que le 18, sans que cela ne nuise à la qualité de mon travail. J'ai aussi appris à valoriser mes idées auprès de mes collègues, à en revendiquer l'appartenance, chose que je n'aurais jamais faite auparavant. Résultat, ma boss m'a trouvée « super dynamique » et n'a plus rien trouvé à redire à me voir partir à 18 heures pour aller à la crèche. Il faut dire que j'étais souvent la première arrivée au bureau, puisque je venais juste après avoir déposé le petit... »*

Tout le monde n'a pas la même capacité à rebondir qu'Arielle, et la reprise de l'activité professionnelle n'est généralement pas chose facile pour la plupart des mères. 77 % d'entre elles considèrent que la parentalité est insuffisamment prise en compte dans l'organisation du temps et des lieux de travail[26]. L'enjeu est pourtant de taille quand on considère que 80 % des salariés sont parents dans notre pays.

*« Je suis aide-soignante à l'hôpital et j'ai 2 enfants, raconte Jessica. Mes horaires sont atypiques : après-midi, matin, journée, nuit, week-end… Ça change tout le temps. À la maison, l'organisation est millimétrée. Je prépare tout à l'avance, ma gamelle pour le travail, les sacs, les vêtements, tout. Ma fille a encore du mal avec mes horaires de nuit. Ça finit parfois en pleurs et en angoisse. Entre le boulot, les enfants, le linge, la cuisine, j'ai des périodes où je suis complètement H.S. Dur, dur pour inclure des activités, des sorties et même du sport. Pour l'instant, je n'en fais pas. Je pensais avoir une bonne organisation mais, quand je vois les autres mamans, je commence à me poser des questions : "Est-ce que je fais bien ? Est-ce que j'en fais de trop ? Est-ce que je peux faire autrement[27] ?"… »*

Interdire les réunions après 17 ou 18 heures, sacraliser le jour de la rentrée scolaire, instaurer des jours de télétravail à la carte, ouvrir une crèche d'entreprise : ces mesures relèvent encore de l'exception et du progressisme de certain.e.s managers.euses.

---

26 *La parentalité en entreprise expliquée à mon boss*, Tiphaine Mayolle, Éditions Kawa, 2020.

27 *Ibid.*

## LA LOI QUI VENAIT DU FROID

En Finlande, une loi sur le temps de travail (« Työaikalaki ») permet aux parents salariés d'aménager leurs horaires, avec une possibilité de commencer leur journée jusqu'à 3 heures plus tôt ou de la finir jusqu'à 3 heures plus tard. Et si, une fois de plus, nous prenions exemple sur ce pays ?

La plupart du temps, deux écueils sont particulièrement redoutés par les femmes : l'annonce de la grossesse au chef ou à la cheffe – les réactions sont souvent mitigées – et le retour dans l'entreprise après un congé de maternité ou, plus difficile encore, un congé parental. Le Code du travail protège pourtant contre le licenciement les salariées pendant la grossesse, pendant leur congé de naissance et au cours des 4 semaines qui suivent leur reprise du travail. À son retour, la salariée est supposée retrouver le même poste ou un poste équivalent avec le même niveau de rémunération, mais la « mise au placard » reste un danger palpable. À leur corps défendant, le regard porté sur elles ne sera plus tout à fait le même. « Ainsi, les mères qui travaillent, les « momtaffeuses », vont découvrir tout ce qui les sépare de 2 espèces qu'elles seront fatalement amenées à côtoyer au boulot, les nullipares et les hommes », écrit Nadia Daam[28]. « La nullipare est toujours partante pour boucler un *reporting*, participer à une réunion à 18 heures, organiser un pot au bureau, remettre du papier dans la photocopieuse. Vous ne pourrez rien faire de tout ça. Sauf peut-être la photocopieuse, mais c'est parce que vous en avez besoin pour imprimer les papiers de la CAF », poursuit la journaliste.

---

28 *In* préface de *Maman travaille*, le guide, de Marlène Schiappa, First Éditions, 2011

## UNE SÉRIE QUI DÉPOTE !

Activer son tire-lait électrique dans un soi-disant local dédié en entreprise, essayer d'écrire un livre en télétravail avec mari et enfants dans les pattes, survivre au post-partum quand on est chef cuistot ou agent immobilier... Toutes ces situations savoureuses et réalistes se retrouvent, entre autres, dans une série canadienne, Workin'Moms (ou Mères au travail au Québec), créée par Catherine Reitman. Parce qu'on s'y retrouve et qu'il vaut mieux en rire !

*Workin'Moms* sur Netflix

Le jour où un enfant se blesse ou tombe malade, c'est toujours « Maman » que choisissent d'appeler l'école, la crèche ou la nounou, même si le géniteur a lui aussi communiqué ses coordonnées. Idem pour les jours de grève des transports ou de l'Éducation nationale, ou plus récemment les moments où il fallait aller chercher d'urgence son enfant « cas contact » au Covid-19. Même si les choses évoluent, lentement, la maternité représente toujours un frein dans la carrière des femmes. Si 80 % d'entre elles sont actives, entre 25 et 49 ans, seules 65 % des mères d'un enfant de moins de 3 ans continuent de travailler à plein temps. Au fil des naissances, les écarts de temps de travail et de rémunération se creusent et, en moyenne, compte tenu de ces disparités, les femmes continuent d'avoir un revenu salarial inférieur de 22,3 % à celui des hommes[29]. À tel point qu'on ne parle plus seulement de plafond de verre dans les entreprises, mais de « plafond de mère »...

29 INSEE, 2019.

### HORAIRES DÉCALÉS : LE SYSTÈME D

Tôt le matin, tard le soir, la nuit, le week-end... En France on estime que 13 millions de personnes travaillent en horaires décalés ou « atypiques ». On les retrouve dans un nombre croissant de secteurs : commerce, hôpital, agriculture, industrie, restauration, police, médias, spectacle, etc.

- 90 % des parents travaillant en horaires atypiques disent avoir du mal à trouver un mode de garde pour leurs enfants.
- 68 % de ces parents ont recours à au moins 6 modes de garde différents (voisins, famille, assistante maternelle ou crèche, nounou à domicile, baby-sitting, etc.).
- 60 % de ces parents ne sont pas satisfaits de leur arrangement actuel.

Source : enquête de la Mutualité Française, avril 2021.

## Congé parental : motivée, motivé...

Congé non rémunéré qui peut être pris par la mère ou le père, à l'occasion de la naissance d'un enfant ou de l'adoption d'un enfant de moins de 16 ans, le congé parental d'éducation peut durer de 1 mois à 1 an. Il est renouvelable 2 fois dans le cas d'une naissance simple ou double, et jusqu'à 5 fois dans le cas d'une naissance multiple de 3 enfants ou plus. En cas de maladie ou de handicap, le congé parental peut également être augmenté d'une année. Pour l'obtenir, le salarié doit simplement prévenir son employeur dans les délais et conditions prévues. À l'issue de son congé parental, il est censé retrouver son précédent emploi ou, à défaut, un emploi similaire assorti d'une rémunération au moins équivalente.

En France, le congé parental d'éducation n'est pas rémunéré, mais peut faire l'objet d'une aide : la Prestation partagée d'éducation de l'enfant (PreParE), versée par la Caisse d'allocations familiales (CAF). D'un montant symbolique, elle s'élève actuellement à 148,12 € pour un temps partiel et à 397,20 € pour un congé à temps plein. Rien à voir avec ce qui se passe en Norvège ou en Suède – encore et toujours, décidément, il y a un loup ? –, où le congé parental est rémunéré de 75 % à 100 % du salaire...

Conséquence, la formule se révèle à bout de souffle. En juin 2018, seules 290 000 personnes en bénéficiaient dans notre pays (soit 13 % des parents d'enfants âgés de 0 à 3 ans). La parité est loin d'être au rendez-vous, puisque le congé parental est pris à 94 % par des mères et à 6 % par des pères et, dans seulement 2,5 % des cas, il fait l'objet d'un partage entre mère et père (et ce, malgré une réforme de 2015 visant à inciter davantage les pères à prendre leur part de congé parental). Cet état de fait repose sur les inégalités salariales persistant entre femmes et hommes. On observe toutefois, que même le nombre de mères prenant un congé parental à temps plein – ce qui représente la majorité des cas de figure – tend à diminuer depuis quelques années.

Face à ce désamour, la commission des 1 000 premiers jours avait proposé d'allonger de 2 semaines le congé de maternité, ce qui l'aurait porté à 3 mois. Les parents auraient pu ensuite bénéficier d'un vrai congé parental de 9 mois (36 semaines), à partager entre le père et la mère, avec – et c'est bien le nerf de la guerre – un niveau d'indemnisation « suffisamment attractif », équivalent à 75 % du revenu salarial. Cette proposition, qui n'a finalement pas été retenue, allait pourtant dans le sens du souhait de 45 % des parents de rester auprès de leur enfant au cours de sa première année[30]. Pour éviter au parent en congé parental l'écueil bien identifié de

30 Enquête CNAF, 2017.

l'isolement, le rapport préconisait d'inscrire le dispositif dans un « tissu social », en mettant à sa disposition des lieux d'accueil et des espaces aménagés dans les villes, permettant la socialisation des petits et des grands.

Pour l'heure, la réforme du congé parental est au point mort et n'a pas figuré au cœur des enjeux de campagne électorale. À suivre donc.

## BEAUCOUP TROP D'ENJEUX FINANCIERS

Maman de 3 enfants âgés de 8 ans, 5 ans et 16 mois, **Amélie** a pris un congé parental à chaque naissance et n'a plus retravaillé depuis l'arrivée de l'aîné. Ancienne hôtesse de caisse, elle a pris en compte le coût du mode de garde et ses horaires décalés – et ceux de son conjoint commerçant – avant de renoncer à reprendre son travail. : ***« C'était une évidence de les voir grandir, ça change tellement vite ! Je ne voulais pas venir les chercher et que l'on me dise : « Il a marché aujourd'hui ! » Je ne voulais pas rater ça et avoir cette frustration[31]. »***

31 *In* LMDM.

Même motivation affective de départ pour **Hélène**, qui a pris un congé parental à l'arrivée de ses jumeaux : *« Pour moi, c'était une évidence. Je me suis dit que, si j'avais des enfants, c'était pour être là, présente, pour les voir grandir. J'ai une maman qui a toujours été à la maison et, en tant qu'enfant, je trouvais ça absolument génial*[32]*. »* Pour elle aussi, le prix à payer pour faire garder 2 enfants a pesé dans la balance. Les mois passant, elle qui se rêvait en « mère douce, présente, aimable et attentive » finit pourtant par craquer : *« Je me suis sentie très seule, peu reconnue. Je me suis sentie jalouse de mon mari – on avait monté une boîte ensemble et, là, ça commençait à marcher [...]. Je vivais une grande fatigue émotionnelle, morale, je hurlais sur mes enfants... »* En plein épuisement parental, **Hélène** parvient à remonter la pente en faisant garder de temps en temps ses enfants dans une halte-garderie et en s'investissant intellectuellement dans un blog qui devient vite un lieu de partage entre mamans, les Fabuleuses au Foyer. Au bout du compte, la jeune femme ne regrette en rien d'avoir pris ce congé parental, mais déplore d'avoir eu, au départ, « une vision idéalisée » de la mère qu'elle allait être en restant à la maison.

Papa de 2 jeunes enfants de 3 ans et demi et de 2 ans, **Cyriel** a renoncé à son métier de journaliste pour se mettre en congé parental. Sa femme avait un plus gros salaire que lui et, compte tenu des économies réalisées sur le mode de garde, le calcul a été vite fait. Ce qui n'enlève en rien la motivation intime du jeune papa : quand sa fille aînée est arrivée, *« toutes les problématiques du boulot sont passées au 2nd plan et, au plus profond de moi-même, ça ne m'intéressait plus.* Au bout de 2 ans de vie de papa au foyer, il se sent toujours épanoui, mais voit bien que sa démarche surprend toujours beaucoup de monde : *« On a l'air de trouver exceptionnel qu'un homme fasse ce que je fais, alors que des millions de femmes le font tout le temps*[33]*. »*

32 *Ibid.*

33 *Ibid.*

Pour prendre un congé parental en France aujourd'hui, il faut encore souvent se serrer la ceinture en renonçant à un salaire et prendre le risque de ne pas retrouver la même situation professionnelle par la suite. Bref, il vaut mieux être très motivé, avoir bien pesé le pour et le contre et, si possible, avoir quelques économies devant soi.

## Modes de garde : souvent des choix par défaut

« Les crèches sont surpeuplées, les assistantes maternelles difficiles à trouver à vos conditions, les crèches d'entreprise sont rarissimes, les crèches parentales lourdes à gérer et, dans certaines grandes villes, il est même plus économique de cesser toute activité professionnelle pour garder son enfant ! Un comble ! » Dans son livre *Maman travaille : Le guide*[34], Marlène Schiappa plante bien le décor du casse-tête qui attend tous les jeunes parents dès l'annonce de la grossesse ou presque : « Qui va garder mon bébé ? »

En France, on estime que 20 % des familles n'obtiennent pas de mode de garde et que plus de 160 000 parents, en immense majorité des mères, ne reprennent pas le travail à cause de cela. Notre pays n'est pourtant pas mal loti au niveau des places d'accueil disponibles tous systèmes confondus (assistantes maternelles, crèches collectives, parentales ou associatives, mini-crèches, etc.). Leur nombre est passé de 366 070 en 2009 à 448 170 en 2017 ; mais l'offre reste disparate en fonction des villes et des régions. Certains territoires ruraux en étant complètement démunis et d'autres zones urbaines saturées. De plus, contrairement à ce qui se passe dans d'autres pays, l'accueil des bébés est très précoce, à partir de 10 semaines, du fait de la durée du congé maternité. Le temps d'accueil est également particulièrement long et calqué sur les horaires de travail des parents, autour de 39 heures par semaine.

---

34 Éditions First, 2011.

## DES INÉGALITÉS, DÈS LA CRÈCHE

Sur 3 millions d'enfants de moins de 3 ans vivant en France, 1 sur 5 vit sous le seuil de pauvreté dont 1 sur 3 en famille monoparentale. On estime que leurs parents ont 4,5 moins de chances que les autres d'obtenir une place en crèche[35].

Contre toute attente, la répartition des modes de garde s'établit comme suit : 61 % des enfants de moins de 3 ans restent « à titre principal » avec l'un de leurs parents ou un autre membre de la famille ; 19 % sont accueillis chez une assistante maternelle agréée, faisant partie parfois d'un Relais assistantes maternelles (RAM) ; 13 % seulement sont accueillis en crèche – alors que ce mode de garde reste plébiscité par les parents pour son coût et la qualité de ses professionnels de l'enfance. Les 7 % restant concernent tous les autres modes de garde (nounou non déclarée, halte-garderie, garde partagée entre familles, système D.) On estime qu'aujourd'hui, il manque 200 000 places en crèche. En janvier 2022, le président de la République lui-même annonçait (à l'occasion du congrès national de la Fédération des acteurs de la solidarité) que, sur les 30 000 créations prévues pour son quinquennat, seule la moitié allait pouvoir être réalisée. La crise de la Covid ayant ralenti la construction des locaux, tout comme les démarches administratives liées aux lieux d'accueil de la petite enfance (CAF, collectivités, entreprises, associations, etc.). « Notre système est aujourd'hui tellement éclaté, tellement complexe, qu'il est devenu beaucoup trop lent », a constaté Emmanuel Macron. L'idée d'indemniser les familles restées sur le carreau de l'attribution des places, pour leur permettre de se retourner, a été évoquée. Tout comme celle d'une réforme plus profonde des modes de garde.

35 DREES, 2018.

Autre attente des parents : pouvoir bénéficier de davantage de lieux à horaires décalés, comme il en existe déjà à travers toute la France, notamment dans les crèches d'entreprise. Tout comme des lieux d'accueil pour enfants à besoins spécifiques (handicap, maladie).

### UNE MAJORITÉ D'ENFANTS GARDÉS PAR LEURS PARENTS

- 61 % des enfants de moins de 3 ans sont gardés « à titre principal » par un parent.
- 19 % sont accueillis par une assistante maternelle agréée.
- 13 % ont une place en crèche.

Source : DREES, 2013

PARTIE 4

# À LA RECHERCHE *du lien perdu*

« Il faut tout un village pour élever un enfant. » Ces derniers temps, le célèbre proverbe africain se répète à l'envie jusqu'à presque devenir un poncif... C'est dire s'il correspond à des attentes ! Celle de sortir à temps du huis clos magique et terrifiant entre le nouveau-né et ses parents. Celle de retrouver la chaleur et la convivialité du cercle familial – qui, soit dit en passant, pouvait aussi être un peu étouffant – ou de la place du village, pour s'occuper ensemble de nos petits.

Pour rompre l'isolement, il faut souvent aujourd'hui pousser une porte ou composer un numéro de téléphone, ce qui n'est pas toujours si facile. Sages-femmes, pédiatres, médecins généralistes, puéricultrices de crèche ou de PMI, pédopsychiatres... tous ces professionnels, et bien d'autres, sont pourtant là aussi pour répondre à un appel de détresse. Pour peu qu'on ose le formuler, malgré les doutes, la culpabilité et le temps qui presse. Tous ont bien conscience des difficultés rencontrées par les parents d'aujourd'hui et savent comment rompre la glace. Comment redonner envie d'aller de l'avant avec son enfant, en retrouvant confiance.

Parfois, il est plus simple de se retrouver entre parents, avec ou sans les enfants, pour échanger dans un lieu médiatisé. Puis, dès que ça va mieux, en dehors de ce lieu. De se faire des copains qui ont des bébés du même âge, pour échanger sur des problèmes fondamentaux de doudous, de pouce ou tétine ou de « terrible two ». Pour en rire et aller boire un verre ensemble. Toujours comme dans ce fameux village d'antan dont on nous rebat les oreilles.

Il est temps de lire de sages paroles de professionnels qui connaissent les parents par cœur. Et d'aller faire un tour du côté de ces lieux d'accueil parents-enfants, imaginés par Françoise Dolto avec les Maisons Vertes en 1979, et qui, depuis, ne cessent de se réinventer.

# ENTRETIENS

## ANNA ROY : « LE CONGÉ DE MATERNITÉ EST TROP COURT ! »

**Après avoir exercé à la maternité des Bluets, à Paris, Anna Roy, sage-femme, se consacre désormais au libéral. Chroniqueuse à *La Maison des Maternelles*, elle est l'autrice de plusieurs livres dont *La Vie rêvée du post-partum*, co-écrit avec Caroline Michel et publié chez Larousse. Elle est à l'origine de 2 mouvements sur les réseaux sociaux : #jesuismaltraitante et #1femme1sagefemme**

### Pourquoi avez-vous choisi le métier de sage-femme ?

J'ai longtemps hésité entre sage-femme et astronaute. Je cherchais un métier à la croisée de la science et du mystère. J'ai compris que j'avais fait le bon choix, à 19 ans, quand j'ai pu faire mon premier accouchement. J'ai été projetée dans le monde des grands, mais aussi dans une autre dimension. C'est un souvenir mémorable et fondateur.

**Pourquoi avoir quitté l'hôpital au bout de 10 ans pour ne plus intervenir qu'en libéral ?**

D'abord, je tiens à dire que j'ai adoré travailler en maternité. Je m'étais dit que j'avais trouvé l'endroit où je devais être. J'ai aimé tisser des liens avec les patientes et avec les professionnels, avec des personnalités hautes en couleur ! J'ai aimé les moments d'intimité et d'émotion comme les moments d'urgence. Je crois qu'au départ, j'étais typiquement la sage-femme faite pour la salle d'accouchement ! Malheureusement, en 10 ans, j'ai vu les conditions de travail se dégrader à vue d'œil. Avec la fermeture des petites maternités, nous devions faire face à un nombre croissant d'accouchements sans qu'il n'y ait d'ajustement de personnel. Je me suis pliée longtemps à ces impératifs, au fait de ne plus avoir de temps suffisant à consacrer à chaque femme. Quand j'ai accouché de mon premier enfant, j'ai eu un déclic. Je me suis dit : « Dans ce moment-là, tu n'as pas le droit de ne pas être à la hauteur ! » J'avais eu la chance d'être très entourée par mes collègues, en salle de naissance, et je voulais que tout le monde puisse vivre la même chose. En fait, accoucher aujourd'hui, c'est devenu une loterie, une partie de dés. Soit vous tombez sur une garde calme et ce sera le bonheur. Soit vous tombez sur une garde chargée et vous serez... brisée. Rien que ces jours-ci, j'ai eu l'occasion de voir 2 femmes qui n'avaient pas eu de chance. L'une avait attendu 3 heures dans une salle d'attente sans avoir de péridurale et avait cru mourir. L'autre avait eu une césarienne « code rouge » et avait passé plusieurs heures en salle de réveil sans savoir si son bébé allait bien. Toutes les deux sont en état de stress post-traumatique et je pense que l'une des deux risque de faire une dépression du post-partum. Pourtant, je sais que les sages-femmes qui étaient à leurs côtés à la maternité sont la crème de la crème...

**Dans quelles circonstances avez-vous lancé sur les réseaux le mouvement #jesuismaltraitante ?**

J'avais eu envie de raconter sur mon compte Instagram une nuit de garde particulièrement difficile où nous étions en sous-effectif. J'ai commencé par déplorer que l'institution de l'hôpital fût devenue maltraitante vis-à-vis des patientes. Puis je me suis dit : « Mais la maltraitante, c'est toi, que tu le veuilles ou non ! » J'ai compris que je n'en pouvais plus de faire souffrir des femmes sans pouvoir faire autrement. Sur les réseaux, la mayonnaise a pris immédiatement et, en 3 jours, j'ai reçu plus de 10 000 messages provenant de femmes ayant accouché, de professionnels de la naissance, d'infirmières, de pompiers, de plein de gens qui s'étaient mis au service des autres et qui n'arrivaient plus à exercer correctement leur métier.

**En même temps, vous avez lancé le #1femme, 1sagefemme. C'est la configuration idéale pour que les femmes puissent accoucher dans de bonnes conditions ?**

Oui, c'est d'ailleurs l'option qu'a choisie la Grande-Bretagne. Dans notre pays, nous sommes plutôt, en moyenne, à 3 ou 4 femmes pour 1 sage-femme. Je pense que la situation se détériore tellement en maternité que nous allons nous aussi arriver en France à cette configuration dans les années qui viennent. Espérons lors du prochain quinquennat. Nous pourrons compter sur le développement des maisons de naissance qui fonctionnent très bien pour les accouchements physiologiques. Il pourrait y avoir également un moratoire pour évaluer la possibilité de rendre plus accessible l'accouchement à domicile dans des situations à bas risque[1].

---

1 NDLR : En France actuellement, 0,3 % des accouchements a lieu à domicile contre 16 % aux Pays-Bas.

**Qu'ont obtenu les sages-femmes au terme de leurs mouvements de grève en 2021 ?**

Une prime, une 6$^{e}$ année d'études – et c'est très important – et surtout un élan de solidarité entre les femmes et les sages-femmes. Il s'est passé quelque chose de très fort et nous allons dans le même sens de l'humanisation de la naissance. Ça nous a redonné le moral après le scandale récent provoqué par les témoignages sur les violences obstétricales — qui avaient entraîné une crise de confiance entre patientes et professionnels.

**Selon un sondage récent[2], 78 % des femmes vivent mal leur post-partum. Pourquoi et comment faire pour qu'il en soit autrement ?**

Certaines ont mal vécu leur accouchement comme nous venons de l'évoquer et ont du mal à s'en remettre. Et presque toutes les femmes, aujourd'hui, sont confrontées à une trop grande solitude pendant une période où elles devraient, avec leur bébé, faire l'objet de toutes les attentions. Le congé de maternité est bien trop court. Il faudrait qu'il soit, à mon sens, d'une durée de 6 mois renouvelable, avec 3 mois obligatoires pour la maman. Les 3 autres mois pourraient être accordés au papa ou au coparent ou encore, pourquoi pas, à la grand-mère ou à un autre membre de la famille pouvant s'occuper du bébé. Cela éviterait de mettre les enfants très tôt en collectivité.

Pour lutter contre l'isolement et l'épuisement des mamans, on pourrait leur proposer de faire appel à des professionnelles, que l'on appelle aux Pays-Bas les *kraamzorg* (voir encadré Une « aide-maman », vite !, p. 190). En France, il suffirait de former les auxiliaires de puériculture ou les aides-soignantes dans ce sens pour répondre rapidement à cette demande. Chaque *kraamzorg* travaillerait en

---

2 Make Mothers Matter (MMM), 2021.

lien avec une sage-femme. Les femmes auraient tout à y gagner et cette solution permettrait de réaliser des économies de santé en diminuant le recours aux urgences ou, à terme, les cas de dépression ou d'épuisement parental.

**Que pensez-vous de l'entretien désormais proposé aux femmes, vers la 5e semaine qui suit la naissance, dans le but de mieux dépister les dépressions du post-partum ?**

C'est une bonne chose qui complète l'entretien prénatal du 4e mois de grossesse. Il faudrait que cet entretien postnatal ait lieu à domicile, car les jeunes mères qui ne vont pas bien n'auront pas la force de se rendre à une consultation.

## UNE « AIDE-MAMAN », VITE !

Aux Pays-Bas, les couples peuvent bénéficier gratuitement des services d'une *kraamzorg* (traduisez « aide-maman ») après la naissance de leur enfant. À raison de 8 heures par jour pendant 8 jours, cette professionnelle va exercer une activité multitâche, qui va des courses à la préparation des repas et au ménage en passant par des soins au bébé. Formée pendant 3 ans, la *kraamzorg* est tout à fait compétente pour répondre aux questions courantes que se posent les jeunes parents. Elle travaille en lien avec la sage-femme, qui continue d'assurer les soins à domicile à la maman et à l'enfant.

## PR PHILIPPE DUVERGER : « ATTENTION AU TROP DE PARENT »...

**Chef de service au CHU d'Angers, Philippe Duverger est pédopsychiatre. Il est l'auteur, entre autres, de *Mes parents sont fragiles*, paru chez Anne Carrière. Il constate de plus en plus la course à la perfection chez les mères et les pères qu'il reçoit en consultation avec leur enfant.**

### Comment vont les parents que vous rencontrez ?

Les parents que je vois en consultation sont déjà, au départ, inquiets pour leur enfant, à tort ou à raison. Il y a donc un « biais de recrutement ». Je constate toutefois qu'ils sont, dans la majorité des cas, épuisés et sous pression, mais soucieux de comprendre... Ils veulent tout faire pour leur enfant, lui donner le « meilleur » sans avoir réfléchi à ce que pourrait être vraiment le « meilleur » qui, à mon sens est de prendre du plaisir ensemble, de vivre la plus belle aventure qui soit, celle de la parentalité.

Ce qui les empêche de profiter de l'instant présent, c'est qu'ils doutent d'eux-mêmes, de leurs qualités de parent et de leurs capacités à élever leur enfant. Ils ont constamment peur de mal faire. Ils pensent, à tort, que tout va dépendre d'eux, de la naissance de leur bébé à son affectation à Parcoursup... Ils veulent tout faire, pourvu que leur enfant soit heureux. Mais le bonheur ne se prescrit pas.

Beaucoup plus informés, ils se posent aussi plus de questions que par le passé. Y compris certaines qui vont rester sans réponse. Ils me demandent, par exemple, quel est le temps maximum que leur enfant peut passer devant les écrans. Je leur propose alors de réfléchir au temps que leur téléphone ou leur ordinateur occupe dans leur propre vie... Et nous en discutons.

**Pourquoi les parents sont-ils devenus plus fragiles qu'avant ?**

Plus encore que fragiles, je les trouve plus vulnérables face à un contexte sociétal plus exigeant et plus intolérant. C'est bien le monde qui les entoure qui les fait douter. La tyrannie de la réussite commence très tôt. Dès la grossesse, les femmes se demandent si elles vont être de bonnes mères et tout se complique au cours du post-partum quand elles s'aperçoivent qu'elles ne pourront pas faire ce qu'elles croient que la société attend d'elles. D'ailleurs, elles ne savent plus très bien à qui se fier : aux professionnels de la naissance, à leur mère, à leurs amies, à leurs voisines, au pédiatre, au pédopsychiatre… Ces situations de vulnérabilité précoce, nous les étudions chaque semaine à la maternité du CHU d'Angers, dirigée par le Pr Philippe Descamps. Nous nous préoccupons aujourd'hui conjointement de ces situations de solitude et de détresse psychologique qui peuvent apparaître chez certaines jeunes mamans.

**Les pères ne sont-ils plus en mesure de rassurer leur compagne ?**

Les pères s'impliquent davantage, prennent du plaisir à s'occuper de leur enfant. Mais très vite, ils se retrouvent en proie aux mêmes doutes que leur compagne : « Est-ce que je fais bien ? Qu'attend-on de moi ? » Le couple qui se retrouve à la maison dès le 3e jour après la naissance est souvent fragilisé et peut avoir besoin d'être accompagné. Parfois, ça craque dès les premiers mois de l'enfant. Avec le congé de paternité se construit un nouveau modèle qui va prendre un peu de temps à s'installer. En tout cas, on ne reviendra pas en arrière. On s'est aperçu que la présence du père, ou du coparent, était irremplaçable pendant la crise de la Covid, où il a été question de leur interdire l'accès aux salles de naissance. Cela nous est apparu comme quelque chose d'inhumain et, heureusement, cette situation n'a duré que très peu de temps.

**Cette course à la perfection touche-t-elle de la même façon tous les modèles familiaux ?**

Les familles monoparentales, homoparentales ou adoptantes font face à d'autant plus d'exigences qu'elles s'éloignent du modèle de la Sainte Famille de notre culture occidentale. Les couples homoparentaux, que je vois de plus en plus souvent en consultation, vont tout faire pour qu'aucun reproche ne puisse leur être adressé. Ils ont même tendance à consulter quand tout va bien, en prévention, au cas où... Leurs enfants ne vont d'ailleurs ni mieux ni plus mal que les autres. C'est toujours leur équilibre personnel qui va faire qu'ils vont plus ou moins bien résister aux pressions extérieures, au regard des autres, comme n'importe quel couple parental.

**Comment aider tous ces parents qui se sentent dépassés ?**

Il faut leur dire et leur répéter que les parents parfaits, ça n'existe pas. Et que, d'ailleurs, si c'était le cas, ce serait insupportable, invivable, notamment pour leur enfant. Le vrai métier des enfants, c'est de critiquer leurs parents et, pour cela, il faut des imperfections. En tant que parent, la meilleure chose que l'on puisse faire, c'est d'essayer d'être bon, juste, présent, disponible et respectueux du développement de son enfant. Cela les amène à réfléchir sur leur autorité. Pour cela, ils doivent renoncer à éviter tout conflit avec leur enfant. C'est ce qui se passe trop souvent, car les parents ont peur de ne plus être aimés s'ils disent non. Ce qui est faux, au contraire. Nos enfants manquent cruellement de limites et s'en plaignent. Je pense à la réaction de cette jeune fille de 13 ans, à qui son papa, chômeur et au RSA, venait d'offrir le dernier IPhone 13 : « Mais moi, je n'ai rien demandé ! »

**Ces parents si exigeants avec eux-mêmes mettent-ils aussi la pression sur leur enfant ?**

Je les invite aussi à se demander pourquoi ils ont tellement besoin que leur enfant réussisse. Est-ce pour lui ? Ou est-ce pour eux-mêmes, pour flatter leur narcissisme ? Parce que ça les rend d'abord heureux, eux ? Car c'est extrêmement satisfaisant de dire : « Mon fils a eu son bac avec mention TB ou ma fille est acceptée dans une grande école », c'est vrai. Et pourtant ce n'est pas donné à tout le monde. Il faut faire baisser la pression qui s'exerce dès les premières années de la scolarité. Et toujours se poser la question : « Qu'est-ce que le bonheur ? »

**De manière générale, les parents d'aujourd'hui n'en font-ils pas trop ?**

Pas tous, en tout cas. En consultation, je vois les deux situations extrêmes : d'un côté des enfants qui souffrent de ne pas avoir « assez de parent » : il s'agit d'enfants placés à l'ASE, d'orphelins, d'enfants en situation de maltraitance ou de carence éducative et affective, etc. De l'autre côté – et c'est de plus en plus fréquent depuis 20 ans –, je rencontre des enfants qui ont « trop de parent », avec des pères et des mères qui voudraient combler le moindre déficit, anticiper la moindre question, répondre à tout. J'ai reçu une maman, par exemple, qui se demandait si son enfant, qui présentait, disait-elle, des troubles du sommeil, allait réussir à dormir chez ses grands-parents. Avant même d'avoir essayé !

Les enfants sont trop souvent élevés « sous cloche », où tout est prévu, calculé, jaugé, anticipé… Où sont alors les espaces de liberté, les temps de rêverie, de « laisser-aller » ? J'ai souvent la nostalgie de ces terrains vagues où j'aimais flâner, enfant, alors que j'étais sorti pour acheter le pain. Là, à la fois seul mais tout proche de la maison, je me laissais aller à des rêveries et à des explorations qui ont participé à ma construction. Avec les parents « hélicoptères » que nous sommes devenus, le lien d'angoisse finit par remplacer le lien de confiance.

L'idée, derrière tout cela, est d'aider les parents à reprendre confiance en eux et de les laisser exprimer leur bon sens, leurs qualités naturelles.

## SOPHIE MARINOPOULOS : « LES FAMILLES ONT UNE VIE PLUS DIFFICILE QUE PAR LE PASSÉ »

**Psychologue clinicienne et psychanalyste, Sophie Marinopoulos est spécialiste des relations parents-enfants et de la maternité. Elle fonde en 1999 un nouveau lieu d'accueil pour les familles, Les Pâtes au Beurre. Depuis 2014, c'est tout un réseau qui s'est mis en place à travers la France. Autrice de nombreux ouvrages, elle a participé au rapport sur les « 1 000 premiers jours », remis en 2020 au gouvernement.**

### Quel est le principe des Pâtes au Beurre ?

Ce sont des lieux d'accueil où les familles peuvent trouver une écoute, où l'on prend soin du lien familial. Elles sont reçues gratuitement, de façon anonyme et sans rendez-vous. Elles s'y présentent librement, aux heures d'ouverture, avec ou sans leurs enfants et quel que soit l'âge de ces derniers. Il n'y a dans ces lieux aucun délai, juste pousser la porte ! Des professionnels expérimentés – psychologues, psychiatres, psychanalystes ou psychomotriciens – sont là pour répondre à leurs questions, à leurs préoccupations et les aider à démêler des situations conflictuelles.

Ce sont des endroits de convivialité, dont la finalité n'est ni médicale, ni sociale et pas non plus de simple socialisation. Les parents ont la possibilité de rencontrer un psy, et de se rencontrer entre eux, au moment précis où ils en ont besoin. Les échanges se font dans une vraie cuisine, autour d'un plat de pâtes et, plus souvent, d'une collation. Pourquoi une cuisine ? C'est l'endroit où tout le monde se croise, se chamaille et se réconcilie. C'est un lieu de confidences, une pièce qui rassure, car composée d'objets identiques d'un foyer à l'autre, la rendant immédiatement familière.

**Comment vous est venue l'idée de créer ce type de lieu il y a 23 ans ?**

J'ai longtemps travaillé dans un centre de planification et d'éducation familiale et en maternité. J'y ai rencontré beaucoup de femmes qui m'ont tout appris ! J'ai été particulièrement marquée par ces femmes qui venaient pour une IVG et à qui on annonçait une impensable naissance imminente. Dès les années 1990, j'ai écrit alors sur ce que j'ai nommé le « déni de grossesse » et qui, jusque-là, était appelé la « grossesse inconsciente » ou « grossesse blanche ». Quand, ensuite j'ai poursuivi ma carrière à la maternité, j'ai vu d'autres larmes, celles liées au handicap, à la maladie, au décès, à l'infertilité, autant de situations maternelles douloureuses. À travers ces consultations, j'ai découvert tout le champ du devenir parent. D'autant plus qu'en parallèle, je rencontrais aussi les familles dans un CMP[3]. Les délais d'attente pour y voir un psy étaient déjà de plus de 6 mois !

En créant Les Pâtes au Beurre, je voulais compléter l'offre existante et permettre aux parents de ne plus rester seuls, avec leurs questions. Ils devaient pouvoir en parler immédiatement avec un ou une professionnelle. C'est avec l'aide de mon père, qui était psychiatre, que j'ai créé le premier lieu des *Pâtes au Beurre* en 1999. J'ai été soutenue par la CAF et par la mairie de Nantes. On s'est très vite fait connaître grâce aux professionnels de santé comme les sages-femmes, les infirmières et les pédiatres, dans les PMI, les maternités, les crèches ou auprès des assistantes maternelles. Avec le temps, les professionnels ont pris pour habitude de dire aux parents : « Allez donc faire un tour aux Pâtes au Beurre ! », plutôt que : « Allez voir un psy ! »

---

3 NDLR : Centre médico-psychologique.

Nous sommes arrivés à un moment clé. Le soutien à la parentalité commençait à peine à être dans l'air du temps et il se consacrait exclusivement aux parents de jeunes enfants – ce qui est toujours le cas en 2022. Notre création, s'adressant à toutes les familles, a eu lieu en même temps que le lancement, au niveau national, des REAAP (Réseaux d'écoute et d'appui et d'accompagnement des parents).

**Pour quel motif les familles poussent-elles la porte des Pâtes au Beurre ?**

Dès qu'elles sont confrontées à un doute, à un questionnement, à une angoisse ou à de l'incompréhension ayant trait à leurs relations familiales. Notre rôle consiste à être là, disponibles pour écouter ce qui perturbe la famille et prendre le temps de donner du sens aux conflits et aux crises qui se répètent à la maison. Parfois, les parents viennent nous voir pour décrypter et apaiser des paroles attaquantes qu'ils ont reçues au sujet de leur enfant : « La crèche a dit qu'il était agressif... » ; « L'école nous dit qu'il ne s'intéresse à rien... ». Parler à des professionnels capables de transformer l'angoisse en sens permet de restaurer le lien entre parents et enfants et, dans certains cas, de lutter contre la violence ordinaire en famille.

**N'est-ce pas difficile d'évoquer ses problèmes devant d'autres parents ?**

Il peut y avoir une crainte de départ pour le parent, mais très vite s'instaure une relation de confiance. Notre travail de spécialiste consiste à réussir à faire du commun avec du singulier.

Par exemple, il peut être question, au même moment, d'une petite fille de 4 ans qui ne veut jamais aller se coucher et d'un ado de 15 ans qui ne pense qu'à sortir. L'échange va se centrer autour de la question de l'autorité, de la place du parent dans le lien à son enfant. Les préoccupations des parents se rejoignent. Ils se conseillent entre eux et nous accompagnons leurs échanges, nous les contenons. On apprend à vivre ensemble, même si on a des visions de l'éducation différentes. On peut tout à fait rassembler un couple et ses ados, un papa divorcé, venu seul et qui cherche à garder de la continuité dans sa parentalité et une maman solo et son bébé. Les parents racontent : « Chez nous, ça se passe comme ci » ; « Chez nous, ça se passe comme ça ». Il n'y a pas une histoire qui prévaut sur une autre. Toutes parlent de ce que c'est « être parents », comment cela a changé la vie de chacun. Personne n'a raison ou n'a tort, c'est un échange d'expériences, de regards, de façon de faire. Les parents s'écoutent, se soutiennent, mais aussi se comparent.

**Vous dites que « créer des lieux comme Les Pâtes au Beurre, c'était essentiel en 1999 et c'est devenu vital aujourd'hui ! » Pourquoi ?**

Les familles ont une vie beaucoup plus difficile que par le passé. Les cadences ont pris le pas sur les rythmes. Les parents sont obligés d'avoir une organisation où tout est « timé » (les devoirs, le repas, le bain, etc.). En conséquence, on assiste à une dégradation des relations humaines, confisquées par les impératifs de notre société.

On voit des parents et des enfants qui vivent ensemble sans presque jamais se rencontrer. Par exemple, une maman va être attentive à ce que son bébé dorme le plus longtemps possible pour respecter les conseils sanitaires sur le sommeil. Elle va le réveiller à la dernière minute, puis le laver, l'habiller, lui donner le biberon et l'emmener chez la nounou à toute vitesse... Pour l'enfant, c'est très difficile, car il y a comme une « disruption », c'est-à-dire une effraction dans le temps, dans son existence. Le bébé a besoin de prendre le temps de retrouver son parent au lever, de le reconnaître, de le ressentir, de vivre des expériences du quotidien. Les retrouvailles du matin sont essentielles pour ensuite bien se séparer.

Notre modernité est exigeante. Elle encourage la performance, la consommation, l'efficacité, et cela s'est glissé dans les vies familiales au point de les fragiliser. S'ajoutent les écrans qui font souvent « écran » aux relations. Nos besoins de partage, de faire ensemble, nos besoins fondamentaux relationnels sont escamotés. Nous devons en prendre conscience pour avoir le courage de regarder ce qui nous attaque. Et à nous, ensuite, de rectifier le tir. Il faudrait opérer une politique du ralentissement. L'empathie, l'entraide, mais aussi grandir, ça demande du temps !

**Avez-vous continué à être sollicités pendant la crise sanitaire et les périodes de confinement ?**

Récemment, la crise de la Covid a mis en évidence cette mauvaise santé de nos relations et tout le monde a pris conscience de la douleur que représente l'isolement, de ne pas voir les siens.

En 2020, tous les professionnels des Pâtes au Beurre, sur le plan national, ont été présents par téléphone. Nous avions mis en place la ligne téléphonique pour les parents en détresse qui a particulièrement bien fonctionné... On a gardé quelques créneaux en distanciel pour ceux qui n'ont pas de centre à proximité de chez eux. Ou pour répondre à des situations d'anxiété, telle cette maman qui venait de dire à son enfant : « Je n'aurais jamais dû t'avoir ! », dans un moment d'exaspération extrême et qui ne savait plus comment en reparler avec lui. Ou chez cet autre parent dont le fils de 8 ans venait de lui dire qu'il ne voulait plus vivre...

**Vous avez ouvert 15 antennes à travers la France, et même en Belgique. Toutes ont-elles adopté le même fonctionnement, la même philosophie ?**

Nous avons attendu longtemps, jusqu'en 2014, avant d'ouvrir après Nantes et Carquefou, un autre lieu des Pâtes au Beurre à Vannes. Les demandes étaient nombreuses, mais j'avoue que j'ai d'abord été très réticente en voyant que l'aide à la parentalité devenait un business juteux. On est dans une société où l'appât du gain arrive très vite. Nous sommes dans la consommation et la compétition. Les Pâtes au Beurre viennent répondre à des valeurs démocratiques et mettent en pratique les politiques publiques attendues autour de la solidarité, l'entraide, la lutte contre toute forme de violence, l'égalité des chances, la mixité sociale... C'est un lieu gratuit qui ne vit que des subventions publiques et privées et qui a un statut de loi 1901 sans but lucratif.

Pour avoir notre label, il faut absolument conserver les principes de gratuité, d'anonymat et de « sans rendez-vous ». Les permanences sont toujours assurées par un duo de psychologues et/ou psychiatres et/ou psychomotriciennes expérimenté.e.s et ayant une bonne expérience clinique de plus de 5 ans. Les discussions se passent toujours autour de la table de la cuisine, et les enfants, quand ils viennent, peuvent lire, jouer ou se joindre à la conversation. Si on n'a plus forcément le temps de préparer un plat de pâtes, la toile cirée est restée notre marque de fabrique ! Après Vannes, nous avons essaimé en Bretagne, à Ploërmel et à Muzillac. Et aussi à Boulogne-Billancourt, à Poitiers-Bruxerolles, à Montpellier, à Clermont-Ferrand, à Narbonne, à Uzès, à Paris, à Grenoble, à Avignon. Et enfin à Bruxelles !

Par souci de mixité sociale, Les Pâtes au Beurre ont pris l'habitude de s'installer dans des quartiers intermédiaires, entre les centres-villes huppés et les quartiers dits « prioritaires ». Par exemple, à Paris, nous sommes situés entre le X$^{e}$ « dit bobo » et la gare de l'Est. Ce choix permet à chacun de « venir vers ». On veut provoquer de la rencontre et ça marche.

**Vous vous êtes installés récemment dans des lieux de culture. Pourquoi ?**

Nous avons mis en place un accueil des Pâtes au Beurre au Centre Pompidou, à Paris, qui bénéficie, en plus, de la présence d'un médiateur culturel. Nous nous sommes également installés dans un espace culturel pour les 0-8 ans à Clermont-Ferrand, le centre Mille Formes, dirigé par Sarah Mattera. Ces installations sont directement issues de mon rapport remis au ministère de la Culture en 2020[4], qui venait tirer la sonnette d'alarme sur notre mauvaise santé relationnelle et notre malnutrition culturelle. C'est un travail qui insiste sur le rôle que peut jouer l'éveil culturel et artistique des tout-petits dans le lien à leurs parents et qui demande que des professionnels soient formés à ce regard.

Ce rapport invite à penser une politique publique culturelle à dimension sociale avec 66 propositions qui vont de l'insertion dans le carnet de santé d'informations sur l'éveil culturel et artistique du tout-petit à la consultation longue permettant d'appréhender le développement global des enfants — et de ne plus rester dans un sanitaire très centré sur le corps. Je préconise la présence d'artistes dans les crèches, de lecteurs professionnels dans tous les lieux pour les enfants, à commencer par les PMI, et l'aménagement de nos musées pour nos plus petits. Il faut soutenir tous les projets qui favorisent la santé relationnelle, ce que j'appelle la santé

4 « Une stratégie nationale pour la Santé culturelle », www.culture.gouv.fr.

culturelle. Il y a urgence à renourrir substantiellement nos petits du lait symbolique qu'est le lien humain.

## LES PÂTES AU BEURRE EN CHIFFRES

- 15 antennes
- 70 intervenants
- 6 500 familles suivies
- 70 % de mères et 30 % de pères
- 40 % de familles monoparentales

Contact : **www.lespatesaubeurre.fr**

# DES LIEUX *qui relient*

### À LA PMI : « UN POINT D'ANCRAGE POUR LES FAMILLES »

**Géré par une association, le centre de PMI (Protection maternelle et infantile) de la rue Élisabeth-Vigée-Lebrun (15e) accueille des familles d'horizons divers venues ou pas du quartier.**

Jeudi, 10 heures. Ambiance de cour de récré dans la salle d'attente de la PMI Vigée-Lebrun. Six ou sept enfants déménagent joyeusement les jouets qui sont mis à leur disposition, tandis que leurs parents s'occupent des bébés. Pandémie oblige, les familles sont désormais accueillies sur rendez-vous mais, aujourd'hui, peut-être à cause des vacances scolaires, tout le monde est arrivé un peu en retard. Le plus petit, qui fait craquer tout le monde, c'est Aboubakar, 2 mois et demi, venu pour une pesée et pour un BCG. Sa maman a déjà fait suivre ici ses 6 frères et sœurs jusqu'à l'âge de 6 ans. Les parents de Gabriel, 5 mois, sont là aussi pour un vaccin, mais ils ont aussi des questions à poser au médecin sur ses régurgitations qui les inquiètent. Habitants du quartier, ils ont entendu parler de la PMI à la maternité et ont choisi d'y faire suivre leur bébé. Un peu plus loin, le papa de Yugo, 19 mois, glane quelques pistes et conseils pour trouver une place en crèche pour son fils. Né en Chine, son fils est venu chaque mois au centre depuis son arrivée en France et, à chaque fois, pour Yugo, c'est la fête !

La puéricultrice et l'auxiliaire connaissent tous les prénoms des petits. Elles vont d'une famille à l'autre, prennent des nouvelles, répondent aux questions (variées) des uns et des autres. « À Paris, nous avons la chance d'avoir 59 centres de PMI, avec encore de larges créneaux d'accueil[5]. Environ 80 % des bébés y sont vus au moins une fois. Toutes les catégories socio-professionnelles se croisent ici, mais nous recevons de plus en plus de parents en grande précarité. Certains sont sans domicile fixe et dorment dans des hôtels sociaux, dans une voiture ou même un hall de gare. » Comment évoquer, dans ces conditions, les consignes du « pas d'écran avant 3 ans » ou du « gare au co-dodo » ?... « Toutes ces familles ont le même souci de faire le maximum pour leur enfant, même si leurs conditions de vie sont extrêmement difficiles, puisque leur priorité est de se nourrir et de se loger. La PMI devient un point d'ancrage où ils peuvent venir librement sans se sentir jugés », poursuit la puéricultrice. Au fil des ans, l'étayage de la parentalité a trouvé sa place dans ce lieu de soin. Les familles ont ainsi la possibilité de participer chaque semaine à des ateliers autour du jeu ou du livre. Des activités qui, tout comme la consultation avec la psychologue, sont parfois suggérées par le Dr Kristell Delarue, l'une des 3 médecins qui intervient au centre. Un examen médical de routine doit toujours être l'occasion de créer du lien : « Je commence par demander aux parents comment ils vont depuis la dernière fois, sans oublier de m'adresser aux papas qui sont de plus en plus nombreux depuis l'allongement du congé de paternité. Ici, on prend le temps de les réassurer sur leurs capacités de parents. Nous parlons de l'alimentation, du sommeil, en passant par les soins au bébé, toujours dans le respect de leurs attaches culturelles et croyances familiales, et tout en restant vigilants à la sécurité de l'enfant. »

---

5 NDLR : 3 jours et demi par semaine à la rue Élisabeth-Vigée-Lebrun, explique Emmanuelle Lebrec, la directrice centre.

La médecin reste très attachée à sa demi-journée hebdomadaire de consultation au centre : « Travailler en PMI, c'est garder un ancrage dans les réalités, c'est une leçon d'humilité et de simplicité. La prévention est un combat auquel on ne renonce pas. C'est d'ailleurs comme le ménage : Ça ne se voit que si ce n'est pas fait ! »

## 3 000 POINTS DE CONTACT EN FRANCE

Depuis 1945, la PMI permet un accès aux soins gratuits pour les femmes enceintes et les enfants de moins de 6 ans. Vaccins, contrôle de la croissance et du développement psychomoteur, dépistage des troubles et handicaps, prévention... Le suivi médical de base des enfants y est assuré, tandis que les parents, ou les futurs parents, peuvent être conseillés par une équipe pluridisciplinaire : médecins, puéricultrices, sages-femmes, psychologues, psychomotriciennes, auxiliaires de puériculture, etc. La France compte un peu plus de 3 000 centres de PMI, affiliés aux départements. L'organisation, les effectifs et les services proposés peuvent varier d'une structure à l'autre.

## ATOUT CULTURE À LA CRÈCHE !

**Implantée au cœur d'un haut lieu culturel marseillais, la crèche à la Friche fête ses 10 ans. Les parents ont plus d'une occasion pour y jouer les « petites souris »...**

Dans un lieu culturel immense et bouillonnant comme La Friche la Belle de Mai, installé dans l'ancienne manufacture de tabac de Marseille, on se dit que tout est possible. Là où quelque 600 événements attirent chaque année 450 000 visiteurs, on y trouve une librairie, des bars – basique ! –, mais aussi un skatepark, des jardins partagés, des studios de radio et... une crèche ! Imaginée par le pédopsychiatre Patrick Ben Soussan, en lien avec l'équipe de La Friche et du théâtre jeune public Massalia, la structure fête ses 10 ans. Si elle accueille, on s'en doute, des enfants d'artistes, cette crèche associative a toujours misé sur la mixité culturelle et sociale : « Un tiers des 50 places disponibles chaque jour est destiné aux habitants du quartier du 3e arrondissement, un tiers aux parents qui y travaillent et un tiers à des familles venues d'autres quartiers, explique la directrice Marion Latuillère. Un accueil est également réservé à des enfants en situation de handicap ou à des familles en grande précarité, comme c'est souvent le cas dans le quartier de la Belle de Mai, orientées par la PMI. » Au total, plus de 20 langues sont parlées par les parents.

Inspiré du courant Picker-Loczy (voir en p. 40) et laissant place, entre autres, à la motricité libre, le projet pédagogique prévoit de nombreux temps de rencontre avec les parents pour leur permettre de trouver leur place au sein de la crèche. Tout commence, bien sûr, par les 2 semaines d'adaptation, où le parent va progressivement passer le relais à la professionnelle « référente », qui s'occupera de l'enfant pendant tout le temps où il sera accueilli ici, souvent jusqu'à son entrée à l'école maternelle. « C'est aussi un temps d'adaptation pour le parent, à qui l'on demande de nous raconter qui est son enfant et à qui l'on explique tout ce que l'on fait à la crèche et pourquoi on le fait. » Sur un livret de transmission, les familles ont la possibilité de préciser, en plus des renseignements pratiques, une foultitude de précieux détails : pourquoi leur enfant porte tel prénom, quelles sont ses habitudes, ses préférences, qu'est-ce qui lui fait peur ou qu'est-ce qui le fait rigoler...

Par la suite, en plus des temps de transmission avec la référente chaque matin et chaque fin de journée, les parents sont régulièrement associés aux temps d'éveil culturel et artistique – dont profitent, en toute logique, tous les enfants de la crèche de La Friche. Les salles de spectacle, de concert ou d'exposition sont situées à deux pas et il s'y passe toujours quelque chose tout au long de l'année ! Les familles peuvent participer à des sorties guidées par des médiateurs culturels, ou encore à des ateliers organisés par des artistes au sein de la crèche : danse, théâtre, graphisme, cirque, beatboxing, etc. « Les parents ont tous envie d'être une "petite souris" et de voir ce qui se passe à la crèche dans la journée et c'est l'occasion de réaliser leur rêve. Ils vont pouvoir passer un temps avec leur enfant en dehors de la maison et de voir comment le petit se comporte dans un lieu qui lui est familier et qui est complètement pensé pour lui. » À l'entrée, une affiche invite parents, professionnels et artistes à participer à une table ronde, en présence de la psychologue Myriam Rasse, sur le grand plateau de La Friche. Titre de l'événement : « On garde les vaches, pas les enfants. » Le ton est donné.

Si la crèche n'a pas directement vocation à être un lieu de soin ou de soutien à la parentalité, l'équipe (20 personnes) est souvent amenée à répondre à une question sur l'allaitement ou le sommeil ou à rassurer les parents lors des périodes de transmission : « Les parents les mieux informés sont ceux qui vont être le plus en demande. À l'inverse, ceux qui sont le plus en difficulté n'osent pas en parler, surtout au début, raconte Nina Massué, éducatrice de jeunes enfants. Très vite, ils sont agréablement surpris par la façon dont on accompagne leur enfant. » La parole se libère au fil du temps, particulièrement lors du temps de transmission prolongé prévu chaque semaine entre les familles et les référentes. « Les parents savent qu'ils ont ici une écoute bienveillante qui les rassure quand ils se sentent fatigués, dépassés », ajoute Maryame Najib, puéricultrice. Quand ils se croisent ou lors des ateliers d'éveil culturel, ils apprécient de pouvoir échanger entre eux, même si, souvent, le temps manque. En projet à la crèche de La Friche : un « Conseil des familles » qui réunirait 6 représentants de parents autour du « faire ensemble ». Un groupe de parole au cours duquel les professionnelles ont prévu de n'intervenir qu'à la demande, en tant qu'invitées.

## LES CERCLES DE PARENTS DE BOURGOGNE-FRANCHE COMTÉ

**Proposés par des infirmières puéricultrices, les Cercles de parents figurent parmi les 192 initiatives retenues dans le cadre des appels à projet régionaux labellisés « 1 000 jours ».**

Venir échanger, en petit groupe de 2 ou 3 familles, avec une infirmière puéricultrice : voici ce qui est proposé, depuis janvier 2022, à tous les parents d'enfants de moins de 2 ans, dans les départements de la Côte-d'Or, du Doubs et de Saône-et-Loire. Ils ont la possibilité d'assister à 3 séances gratuites, d'une durée de 2 heures, pour y évoquer ensemble tous les aléas de leur quotidien : problèmes de sommeil, d'alimentation, mais aussi de gestion des émotions ou de création du lien. À l'origine de cette initiative, Élodie Emo, infirmière puéricultrice, a d'abord travaillé à l'hôpital, en PMI, puis à la Croix-Rouge, avant de se lancer, en libéral, dans le coaching parental. « Après la naissance, le suivi des familles par les sages-femmes dépasse rarement 6 semaines. En nombre insuffisant, les pédiatres libéraux (environ 8 000 en France) manquent souvent de temps pour répondre à la demande de soutien à la parentalité des parents. Enfin, dans la moyenne nationale, moins de 15 % des parents consultent en PMI. Cela s'explique par un manque de moyens matériels et humains, mais aussi par le fait que ce lieu est associé, plus ou moins consciemment par les familles, à l'Aide sociale à l'enfance. En somme, il y a un trou dans la raquette ! », observe cette jeune maman de 2 enfants qui cherche à mieux faire connaître son métier de puéricultrice : une infirmière (le recrutement est à 98 % féminin) – ou encore, parfois, une sage-femme – ayant suivi une formation complémentaire d'un an dans le domaine du développement de l'enfant et de l'adolescent et dans l'accompagnement des familles.

En juin 2021, avec 5 autres collègues, Élodie décide de répondre à l'appel à projets lancé par l'Agence régionale de santé de Bourgogne-Franche-Comté dans le cadre de la campagne nationale pour les « 1 000 premiers jours ». Leur proposition de mettre en place des Cercles de parents dans des villes comme Dijon, Chalon-sur-Saône, Mâcon ou Besançon, visant « à soutenir la parentalité dans un monde qui change », est retenu et financé quelques mois plus tard.

Soutenue par l'Union départementale des associations familiales (UDAF), l'initiative est proposée aux familles, en relais du suivi assuré par les sages-femmes libérales dans les 12 jours qui suivent la naissance de l'enfant. L'information a été largement diffusée chez les professionnels de santé. « L'idée est de travailler en partenariat avec les autres acteurs locaux de la petite enfance et de contribuer, avec eux, à créer du lien et à aider les parents. Notre dispositif se veut souple et adapté à leur mode de vie », ajoute la puéricultrice. Ainsi, les premiers Cercles de parents ont eu lieu le samedi matin dans un cabinet de sages-femmes de Dijon. « Ils pourront très bien se tenir le soir ou le dimanche et dans différents endroits qui pourront être proposés. » La durée des séances permet d'aborder à chaque fois plusieurs thèmes, au gré des questions des parents qui auront, idéalement, des enfants du même âge et seront confrontés aux mêmes problématiques. Leur objectif est de rompre l'isolement des couples, de prévenir la dépression du post-partum et l'épuisement parental, de valoriser le rôle du père ou du second parent et parfois, parfois seulement, d'orienter la famille vers un lieu de soins, si une difficulté est repérée chez les petits comme chez les grands. « Les parents viennent surtout pour passer un moment agréable, pour parler d'eux-mêmes et de leurs enfants et – pourquoi pas ? – de faire de nouvelles connaissances dans leur ville », note la créatrice des Cercles de parents.

## À ARRAS, C'EST PARTI POUR LA MAISON DES 1 000 JOURS !

**Offrir aux parents un lieu de rencontre, à la croisée de l'offre de services et de soins autour de la petite enfance, c'est ce que propose aux collectivités la Commission des « 1 000 jours ». Il fallait bien se lancer, et c'est la ville d'Arras, dans le Pas-de-Calais, qui l'a fait, en premier.**

Avoir eu un bébé en même temps : n'est-ce pas une excellente raison pour les couples de se rencontrer ? C'est ce qui se passe à la Maison des 1 000 jours, inaugurée le 20 novembre 2021 par Boris Cyrulnik, qui lui a, en passant, donné son nom. Deux premiers « groupes de pairs » ont été créés, pour commencer, réunissant pour l'un des futurs parents ou parents de nouveau-né, pour l'autre des parents de bébés âgés de quelques mois. D'autres sont vite amenés à se mettre en place pour permettre aux familles d'en profiter jusqu'à ce que leur enfant entre à l'école maternelle. Allaitement, nuits blanches, pleurs, modes de garde... Les participants ont forcément beaucoup de choses à se raconter, de conseils à échanger, avec la médiation de 2 professionnels « facilitateurs » — qui sont là pour les aider et les orienter, seulement si besoin, vers la PMI ou un professionnel de santé. « La vocation de ces groupes n'est ni sociale, ni médicale. C'est avant tout que les jeunes parents soient le plus heureux possible et que leurs enfants puissent grandir dans les meilleures conditions possibles », explique Emmanuelle Delétoille, conseillère municipale déléguée à la Petite enfance et à la famille. L'idée est de sortir ces jeunes parents, dont beaucoup ont déménagé au moment de la naissance de leur enfant, de leur isolement. Et de leur donner envie de se revoir après avoir passé ensemble quelques heures à échanger ou à participer à des ateliers (massage, portage, bébés nageurs, etc.). « La parole, ça fait du bien, ça guérit parfois. L'idée est de reconstituer les places de villages d'antan », ajoute l'élue. Un espace cocon, rempli de coussins, de livres et de jeux, a été installé au sein du Pôle éducatif du Val de Scarpe, qui réunissait déjà un lieu multi-accueil pour enfants, un relais d'assistantes maternelles, une école maternelle et un kiosque d'information pour les familles. « Le concept faisait déjà partie de notre ADN, celui de créer un maillage, un parcours simple à suivre pour les parents », constate Caroline Hennebique, éducatrice de jeunes enfants de formation et, aujourd'hui, directrice de la Petite enfance à la ville.

Cette expérience pilote a été proposée à la Commission des « 1 000 premiers jours de l'enfant » par Nathalie Casso-Vicarini, fondatrice de l'association Ensemble pour la petite enfance et l'éducation. Elle s'inspire d'une expérience menée depuis plusieurs années en Australie. Là-bas, des centres appelés *cottage* constituent des groupes de 10 parents dont les bébés sont nés le même mois dans leur quartier ou près de chez eux. Pourquoi se priver d'une si bonne idée venue d'ailleurs ?

À terme, les groupes de « pairs » vont essaimer vers les maisons de quartier et les centres sociaux pour rester au plus près de la population. Le concept de Maison des 1 000 premiers jours n'étant pas soumis à un cahier des charges particulier, la ville d'Arras compte bien innover encore. Plusieurs spécialistes cosignataires du rapport des « 1 000 premiers jours » parrainent son initiative. Ils participent à un film au cours duquel la réalisatrice Claire Lajeunie va suivre, au long cours, 4 bébés et leur famille. D'ici là, d'autres Maisons des 1 000 premiers jours auront ouvert leurs portes, entre autres à Charleville-Mézières, Carpentras ou Brest.

# ANNEXES

# Bibliographie


**Ariès Philippe,** *L'enfant et la vie familiale sous l'Ancien Régime*, Points Seuil, 2014.

**Badinter Élisabeth,** *L'Amour en plus,* Le Livre de Poche, 1982.

**Badinter Élisabeth,** *Le Conflit – La Femme et la mère,* Le Livre de Poche, 2011.

**Ben Soussan Patrick,** *De l'art d'élever des enfants (im) parfaits,* Érès, 2018.

**Birman Chantal,** *Au monde – Ce qu'accoucher veut dire*, Points Seuil, 2009.

**Bouyer René Jean,** *Les Mémoires d'un bébé*, Éditions Jean-Claude Gawsewitch, 2010.

**Brazelton Thomas Berry,** *Points forts,* Le Livre de Poche, 1999.

**Castelain-Meunier Christine,** *L'instinct paternel,* Larousse, 1999.

**Chadelat Céline, Delaisi de Parseval Geneviève et Mahé-Poulin Marie,** *Le mois d'or*, Poche Marabout, 2021.

**Delahaye Marie-Claude,** *Tétons et tétines – Histoire de l'allaitement*, Éditions Trame Way, 1990.

**Duverger Philippe,** *Mes parents sont fragiles*, Pocket, 2017.

**Fontanel Béatrice et d'Harcourt Claire,** *L'épopée des bébés – De l'Antiquité à nos jours*, Éditions de La Martinière, 2010.

**Girard Anne-Sophie et Marie-Aldine,** *La mère parfaite est une connasse !*, J'ai Lu, 2020.

**Grandsenne Philippe,** *Bébé dis-moi qui tu es*, Poche Marabout, 2019.

**Johais Amandine et Kammerer Béatrice,** *Comment éviter de se fâcher avec la terre entière en devenant parent ?*, Belin, 2017.

**Knibiehler Yvonne**, *Histoire des mères et de la maternité en Occident*, Que sais-je ?/PUF, 2017.

**Lallemand Suzanne et Geneviève Delaisi de Parseval,** *L'art d'accommoder les bébés*, Odile Jacob, 1998.

**Marcel Alexandre,** *Je ne m'attendais pas à ça !*, Larousse, 2021.

**Michel Caroline et Roy Anna,** *La vie rêvée du post-partum*, Larousse, 2021.

**Mikolajczak Moïra et Roskam Isabelle,** *Le burn-out parental*, Odile Jacob, 2020.

**Pfersdorff Arnault,** *Votre enfant de 0 à 16 ans*, Hatier Parents, 2021.

**Rousseau Jean-Jacques,** *Émile ou De l'éducation*, GF Flammarion, 2021.

**Schiappa Marlène,** *Maman travaille – Le Guide*, First Éditions, 2011.

**Schneider Aurélia,** *La Charge mentale des femmes*, Larousse, 2018.

**Weizman Illana,** *Ceci est notre post-partum*, Marabout, 2021.

# Table des matières

Remerciements

Merci à Caroline Terral et à Arnault Pfersdorff d'avoir
accompagné mes élans et mes doutes.

Spéciale dédicace à Jérôme Caza,
à Agathe Lecaron et à toute la belle équipe
de *La Maison des Maternelles !*
Vous êtes les meilleurs !

© Hatier – 8, rue d'Assas 75 006 Paris – ISBN : 978-2-401-08388-2

Achevé d'imprimer par l'imprimerie de Champagne à Langres – France
Dépôt légal : 08388-2 / 01 - Août 2022